Lourdes Ventura
El poeta sin párpados

Para [illegible], Mary que con su inteligencia ha hecho muy agradable este debate.

Gracias por leer el Poeta

Lourdes Ventura

21, enero, 2009

Lourdes Ventura

El poeta sin párpados

Ediciones Destino
Colección
Áncora y Delfín
Volumen 955

Fotografía de la cubierta: David Dunan (© Blanchón)
Estilismo: Jaume V.
Peluquería: Susana Rodríguez (A. K. A.)
Maquillaje: Carmen Sosa
Fondo estampado: Victorio & Lucchino Casa
Dirección de arte: Mariona Rubio.

Provença, 260. 08008 Barcelona
www.edestino.es
Primera edición: septiembre 2002
ISBN: 84-233-3428-7
Depósito legal: B. 31.507-2002
Impreso por Unigraf, S. A.
Pol. Ind. Arroyomolinos, Móstoles. Madrid
Impreso en España - Printed in Spain

A Fernando Verdugo, pintor sevillano

El posmodernismo no tiene por objeto ni la destrucción de las formas modernas ni el resurgimiento del pasado, sino la coexistencia pacífica de estilos, el descrispamiento de la oposición tradición-modernidad, el fin de la antinomia local-internacional [...], en suma el relajamiento del espacio artístico paralelamente a una sociedad donde las ideologías duras ya no entran, donde los papeles e identidades se confunden, donde el individuo es flotante y tolerante.

GILLES LIPOVETSKY

1

Yo sé cuál el objeto
de tus suspiros es;
yo conozco la causa
de tu dulce
secreta languidez.

A veces se encienden en mi cabeza frases fosforescentes. No sé cómo explicarlo. Por ejemplo, cuando Alberto Mendoza pasa por mi lado, me entran ataques de palabras. Me da por pensar: soy freudiana sin haber leído a Freud, tengo quince veranos rubios y anhelantes, de mayor me gustaría ser Greta Garbo y beber daikiris en la cubierta del *Queen Mary*, pero para eso tendría que andar hacia atrás galopando en el tiempo, me gusta la escarcha y la salsa Madeira, le suplico al ángel de la guarda que se me aparezca por las noches en carne mortal, cuatro angelitos tiene mi cama, cuatro esquinitas tiene mi cuerpo y estoy a punto de morirme de amor. Si no beso pronto sus pestañas, mi boca se volverá negra, ciega y desdeñosa.

Pero tienen que saber que las pestañas de Alberto

Mendoza se alejan indiferentes en una moto rauda, y abrazada a la cintura de Alberto, sin el casco reglamentario y con la cabellera al viento, va Rebeca Salinas.

Dicen los que han estrechado a esa pelirroja entre sus brazos, que Rebeca es cálida y suave como una manta, abrasadora y gata. Maldita Rebeca, que tiene nombre de jersey.

Pues eso, palabras de neón, trazos que se dibujan solos en mi cerebro y se quedan flotando dentro de mí como los letreros luminosos que ponen a las entradas de los casinos de Las Vegas.

Si digo en voz alta las cosas que pienso, mi hermano me insulta sin contemplaciones. Me lanza proyectiles garabateados, bolas de papel que esquivo como puedo, y me persigue por los pasillos llamándome poetisa loca y alucinada de tintero. No sé, mi padre insiste en que eso me viene de la rama materna.

Mi padre dice que tengo vapor en el cerebro. No una red de tejidos cerebrales, ni células nerviosas, ni dos hemisferios como todo el mundo. Nada de eso, sólo vapor, un cerebro hueco y humeante. Se cuchichea en casa que soy tan novelera como la tatarabuela Elisa del Castillo que tuvo amores con un poeta melancólico, bronquítico, verboso como una torrentera, insomne, con las ojeras fúnebres, propenso a la conjuntivitis, un poeta muy romántico, en suma, aficionado a las tupidas madreselvas y a las sombras etéreas. Ya está dicho: volverán las oscuras golondrinas y todo lo demás.

Nadie supo explicar de dónde le venían a la tatarabuela Elisa los arranques líricos. El caso es que estuvo marcada por la poesía desde los pañales, como el que nace con una estrella en plena frente, y tampoco se podía prever que aquel mariposeo de palabras, aleteando día y noche cintura abajo y cintura arriba, iba a decidir para siempre su destino.

Cuenta mi madre que su tatarabuela empezó a hablar en verso a los tres años. Puede que sólo fueran ripios, pero la familia prefería ocultar a la criatura lejos de las visitas, después de que una vecina con fama de pécora jurase haber escuchado *vieja pelleja* entre los chapurreos infantiles.

Teodoro del Castillo, el padre de Elisita, era influyente, rico y gustaba de tejemanejes económicos con el gobierno de turno; no quería en su casa gusanos de biblioteca, desconfiaba en general de la palabrería y hacía oídos sordos a los gorgoritos de su hija. Por más que tratase de ignorar a la muñequita-parlante, se quedó estupefacto cuando a la niña, en una noche de tormenta, con cuatro años cumplidos, le salió una parrafada que presagiaba una facilidad pasmosa para la rima y tal vez dotes adivinatorias. En aquella ocasión los padres pensaron que Elisa había sufrido confusión de lenguas, igual que un locutor trilingüe en un Festival de Eurovisión, igual que un traductor simultáneo al que se le cruzan los cables, igual que los constructores desorientados de Babel. Para doña Clara, la madre, se trataba sin duda de una jugarreta del maligno y no quedaba otro remedio que llamar a un cura.

Parece que hasta los tres años Elisa no había dicho ni esta boca es mía. Ni pa-pi ni ma-mi ni ta-ta ni gu-gu. Nada. Ni una sílaba. Y de pronto, el mismo día de su tercer cumpleaños, cuando todos esperaban que apagara las velas de la tarta, la niña se lanzó a hablar en verso.

Al principio eran cosas sencillas que rimaban por casualidad, por eso todos buscaban cualquier pretexto para justificar aquellas coincidencias. Lo primero que la pequeña Elisa dijo, ante la expectación de la familia, fue: *La luz ez azul.* Aquello no extrañó a los presentes porque las velas del pastel tenían una llama azulina y porque los quinqués de la sala, porcelana pavo real y arabescos translúcidos, tendían a una iluminación vacilante y de tonalidad oriental.

No habían pasado dos días cuando al ser abrazada por su tía Úrsula, la niña exclamó: la tía eztá fría. Y así era: resulta que Úrsula, la hermana soltera de doña Clara, tenía todos los viernes, y algunos sábados, las manos heladas desde que un novio explorador al que quiso mucho desapareciera en una expedición al Polo Norte. Nunca se recuperó de la pérdida, decía que en las noches de los sábados se le formaban estalactitas y carámbanos en el corazón, soñaba con tormentas de aguanieve y, en los mejores días, caían sobre Úrsula copos de luces microscópicas que inundaban su dormitorio de virgen y transformaban el mundo en una pradera nevada.

Aunque era todavía joven no se quiso casar con ninguno de los violinistas, matemáticos, generales con galones y bandas de la Legión de Honor, diplomáticos, cazadores con sombrero de fieltro, boticarios, hacendados de las colonias, relojeros de cuco de los Alpes, sibaritas de París que la pretendieron; hasta rechazó a un barón alemán que recitaba a Schiller. Porque tía Úrsula era huérfana, dulce, de ojos aterciopelados, había estudiado con las reverendas del Sacre Coeur de París y tenía una fortuna propia, como su hermana Clara. También fue cortejada por un navegante inglés, con aires de filibustero, que decía ser descendiente de Francis Drake. Pero Úrsula no perdía las esperanzas de ver regresar a Pierre, su novio francés extraviado en las nieves perpetuas, así que se quedó a vivir con su hermana Clara, y fue para Elisa más madre que su propia madre.

La niña Elisa crecía y balbuceaba sus ripios ante la desconfianza de su padre y el regocijo de sus cuatro hermanos varones, Octavio, Tiberio, Claudio y Marco Aurelio, que la escuchaban boquiabiertos y piernilargos, porque los cuatro hermanos de Elisa eran altísimos, parecían cuatrillizos y todos iban para médicos, como quería el padre, aunque la madre tenía la ilusión de que alguno llegase a arzobispo.

Eztoz zeñorez cantorez van veztidoz de colorez, ceceó la criatura un domingo en plena misa concelebrada, al contemplar la variedad de casullas de los oficiantes. En verano, cuando la sentaron en la playa con pala y cubito, se extasió mirando al mar. Las olas vienen solas, consideró. Y también aseguró que había visto una pluma entre la espuma, y que en la arena descansaban las sirenas. En otoño dijo que las alfombras de hojas estaban rojas y que los cisnes le parecían tristes.

Así, hasta que aquella noche de tormenta, un año más tarde, Elisa pronunció con claridad: hoy no veo la luna desde mi cuna; rayo de plata, rayo que mata.

—¡Esta niña siempre diciendo cosas raras! —bramó el padre.

—¿Qué has dicho, monina? —preguntó la madre.

La niña repitió con serenidad y batir de pestañas:

—Rayo de plata, rayo que mata.

La historia tuvo su intríngulis, porque al día siguiente los periódicos anunciaban en las primeras páginas que un pastor extremeño había sido fulminado por un rayo en pleno campo.

Fue entonces cuando la madre de Elisa decidió llamar al padre Antonio para que oficiara algún tipo de exorcismo que librara a Elisita de la enfermedad de la lengua suelta. El cura, un pionero y un lince a la hora de detectar las emboscadas de la psique, sometió a la niña al juego de las asociaciones de palabras, por si encontraba en las tinieblas de la mente y en los encadenamientos del lenguaje, el asomo de algo demoníaco.

A una velocidad vertiginosa Elisa relacionaba silla con mejilla, miel con piel, bellas con estrellas, cadenas con penas, divino con peregrino, Oriente con frente, movimiento con viento. Si el padre Antonio traía a colación la palabra alma, por descubrir si la niña mostraba signos de estar poseída por el maligno, ella decía: calma. Y cuando el cura mencionó con precaución el nombre de Dios, ella se quedó pensando y dijo: Amor.

Teodoro del Castillo se encerró con el padre Antonio en la biblioteca. Aunque su esposa Clara era una mujer de iglesia, Teodoro se consideraba un hombre moderno y prefería no creer en Belcebú con pezuñas engurruñadas.

—Pero, vamos a ver, páter, lo de esta niña es cosa del diablo o una demencia como otra cualquiera.

–Con todo respeto, don Teodoro, el diablo no tiene ninguna vela en este entierro.

—Pues ya me dirá qué hacemos; a su madre le pone tan nerviosa la labia de Elisita que no quiere ni ver a la niña y la deja en manos de mi cuñada Úrsula. A mí, si quiere que le sea sincero, mi cuñada me parece un ser inconsistente, y no me pregunte por qué, es buenísima, pero siempre pienso que tiene niebla y copos de nieve dentro de la cabeza.

El padre Antonio se quedó pensativo.

—¿Me permite que le diga una cosa?

—Hable con franqueza, padre Antonio.

—Su hija Elisa ha nacido con el veneno de la lírica.

Teodoro del Castillo abrió desmesuradamente los ojos.

—¿El veneno de la lírica?

—Es como quien nace con el mal de la melancolía o de la histeria, rasgos de carácter don Teodoro, a veces se manifiesta en la adolescencia o a veces desde la primera infancia. Elisita es de temperamento lírico y además es de una inteligencia precoz, así que o la casamos pronto, o tiene usted un polluelo que se convertirá en una marisabidilla y una soltera.

Teodoro se mesaba la barba.

—O lo que es peor, páter, lo mismo nos sale poetisa romántica como la Coronado.

El páter hizo un gesto de espanto.

—Idiomas, don Teodoro, cuando llegue la hora, oriéntela hacia los idiomas.

—¿Así que usted cree que lo de Elisa no es nada más que el veneno de la lírica?

—Nada más y nada menos, don Teodoro.

—Esta conversación que no salga de este despacho.

—Desde luego, don Teodoro.

Elisa cumplía años con balbuceos de significaciones extrañas para la servidumbre y ristras de vocablos que hacían reír a sus hermanos. Decía: cósmico, vísceras, celeste, centrífugo, armadillo, arpón, purpúreo, tucán, céfiros, fúlgidos.

—Pero ¿tú sabes lo que dices? —le preguntaba su hermano Marco Aurelio.

—Palabras —decía Elisa—, palabras que aprendo.

—Pero ¿dónde? —se extrañaba Teodoro del Castillo—. ¿Dónde aprende las palabras esta niña?

—En el aire —contestaba la pequeña—, las palabras están en el aire.

—¿Y tú entiendes lo que significan? —le decía Octavio.

—¿Qué es *significan*? —preguntaba la niña.

—Que si sabes lo que es un céfiro, por ejemplo —remataba Tiberio.

—¿Un céfiro? —repetía Elisa—: sí, una palabra que vuela.

—Dejadla en paz —terciaba Claudio, que siempre salía en defensa de su hermana.

Elisa tenía predilección por las palabras esdrújulas, y conforme se hacía mayor quería saber su significado. Preguntaba: ¿mamá, qué son pétalos?, ¿qué es un tálamo?, ¿qué quiere decir gótico?, ¿y tentáculo?, ¿y útero?, ¿y dédalo? ¿Qué es un sátiro, mami?

Naturalmente, Doña Clara nunca le decía a su hija el verdadero significado de ciertas expresiones. Incluso, jamás acudió a un diccionario para estar segura del contenido exacto de alguna de aquellas voces. No se adentraba en las enciclopedias ni en ningún otro tipo de libro porque temía encontrarse con descripciones pecaminosas o demasiado complejas para sus propias entendederas. Por lo demás nadie pudo adivinar, puesto que el doctor Sigmund Freud no había asomado su barba de chivo ni abriría su consultorio en Viena hasta 1886, qué derroteros de la mente de doña Clara la llevaban a fraguar las misteriosas explicaciones que empleaba para acallar la curiosidad de su hija de cinco años.

Según doña Clara, un sátiro era un sombrero propio de unos gigantes que habitaban en los bosques de Dinamarca, una especie de tricornio de musgo y enredaderas. El tálamo era una enfermedad de los tejidos nerviosos del cerebro, de ahí el derivado hipotálamo, que es cosa de la cabeza, y también, decía doña Clara, el tálamo es la llamada de auxilio de las corzas cuando se pierden en el monte y buscan a los ciervos de su familia. En cuanto al útero, era un baúl lleno de culebras y verdes serpientes que estaba escondido en los sótanos más secretos de todas las casas.

—Si se pronuncia esa palabra, que es muy prohibida y peligrosa —decía doña Clara—, el baúl se abrirá y los reptiles se convertirán en los reyes de la creación tragándose a las mujeres que pueblan la tierra.

—¿Por qué sólo se tragarán a las mujeres? —preguntaba Elisa, aguantándose las ganas de repetir en voz alta la palabra útero, por ver qué ocurría.

—Pues no sé, hija, porque es una maldición que afecta más a las mujeres, como la serpiente que tentó a Eva —se irritaba doña Clara.

—¿Y Eva había pronunciado la palabra útero, mami?

Al cabo de un rato, la madre se cansaba de inventar historias peregrinas y decía que ya era hora de la merienda o del jarabe o de salir al paseo con Engracita. Sólo entonces, harta de las preguntas de Elisa, doña Clara escapaba a sus labores caritativas y dejaba a su hija en manos de su hermana y de la niñera. Tía Úrsula, en cambio, estaba encantada con el torrente de palabras nuevas que brotaba de su sobrina.

El crepitar de pájaros de tu vientre, dijo una tarde Elisa al volver del parque, y más tarde pronunció las palabras amado y trémulo, y después dijo amapolas, y al decir amapolas le vino a la cabeza lilas, y empezó a reír mirando a tía Úrsula y entonces dijo alas y vuelo y campanas. Era difícil imaginar de dónde sacaba la niña el vocabulario, pero Úrsula sentía que aquellos sonidos se le metían en la sangre, llegaban hasta su corazón como una vaharada de aire del Sahara y le hacían entrar en calor. A la tía Úrsula le gustaban las novelas de amor más que ninguna otra cosa. Tenía treinta años cuando Elisa ya había cumplido los ocho, y aunque le bailaban en la cara unos ojos enormes, algunos días se vestía de viuda negra y le daba por pensar en los cánticos que se entonarían en su funeral.

—Anda, Elisa, dime palabras que me sosieguen.

—Pero ¿qué quieres que te diga, tía Úrsula?

—No sé —decía ella—, palabras que me quiten este nudo que tengo en la boca del estómago.

Elisa miraba a su tía, con aquel brillo lejano de esperanza en los ojos, y lo que veía era la felicidad futura y sabía que si le decía que el explorador de las nieves iba a volver algún día, tía Úrsula no la creería.

—¿Puedo decirte cualquier cosa?

—Lo que tú quieras, Elisita.

—Un mañana te fugarás con un hombre con una casaca roja y un gorro de pieles de castor. Y el aliento de ese hombre te dará tanto calor que tendrás que bañarte todas las mañanas en una tina de hielo.

Los días sombríos de tía Úrsula no eran muchos. Generalmente sonreía a menudo y se guiñaba a sí misma el ojo en los espejos como si tuviera un secreto que nadie conocía. Pero una tarde de lluvia en que tía Úrsula estaba melancólica pensando en Pierre, su explorador perdido, Elisa dijo que veía en sus ojos peces negros, y líquenes y magnolias resecas. A tía Úrsula le entró todavía más angustia.

—Ya lo sé Elisita —reconoció—, eso es que me voy a morir muy pronto.

—No digas tonterías, tía Úrsula. Es esta lluvia sucia y este olor a muertos que trae la tierra mojada lo que te pone triste.

Antes de conocer a su poeta, la tatarabuela Elisa pasó unos años interna en Lausana, en el Château de Grançy, un pensionado de lujo para señoritas de buena familia. Allí las jóvenes pupilas de los esposos Grançy hablaban francés y alemán y leían a Byron en inglés. Teodoro del Castillo hizo caso al padre Antonio y pensó que si su hija empezaba desde los doce años a hablar en varios idiomas, estaría tan ocupada encontrando palabras en una y otra lengua, que se le pasaría la manía de la lírica. Pero no se le pasó. Todo lo contrario.

Elisa leía a los trece años a Virgilio y a los catorce le pedía al señor Grançy las obras de Musset y el *Werther* de Goethe. Se adentraba en selvas poéticas en francés y en italiano, subía altas montañas de sintaxis con un diccionario en el macuto, le temblaban las manos cuando descubría una metáfora rara, declamaba en voz alta en el jardín con los tirabuzones henchidos por el viento suizo, que era helador, y no se separaba de un ejemplar maltrecho de *La charca del diablo*, porque llorar a moco suelto le agrandaba los ojos con el brillo de una fumadora de opio, cosa que le daba aires de vagabunda desquiciada, y eso le parecía muy romántico. Empezó a escribir en verso, pero le salía mejor la prosa, una prosa lírica y cantarina, desde luego. Ella decía que le gustaba montar rompecabezas con las frases, como si metiera las palabras en un prisma de cristal y luego se rompiera el prisma y todo lo escrito quedara trastocado por un desbarajuste de lunas y heliotropos.

Así era la tatarabuela de mi madre, lo crean o no. Ha dejado sus diarios de nácar para demostrarlo. La tinta es malva, muy tenue, y a veces tengo miedo de que se convierta en tinta invisible antes de poder enterarme de todo lo que pasó.

Los Grançy estaban convencidos de que Elisa llegaría algún día a escritora de fuste. Pero Teodoro del Castillo no quería leer las cartas del señor Grançy hablando del talento de su hija. Del Castillo no soportaba a las mujeres literatas. Le parecían un espanto las Armiño, las Corinas y las Pilar Sinués, que vertían su almíbar en las revistas femeninas que compraba su esposa. Para un ingeniero como él, que había amasado su fortuna con negocios vinculados a la expansión de la red de ferrocarriles, todo lo relacionado con versos y suspiros era cosa de débiles mentales. A pesar de ello, siempre había considerado de buen tono tener en casa legajos antiguos y ediciones de gran valor, de modo que, antes de casarse con doña Clara, compró una buena biblioteca a un marqués arruinado, que a su vez la había adquirido a un canónigo ilustrado y falto de posibles, y le dijo a su prometida que todos aquellos libros eran una herencia familiar.

Cuando volvía de sus oficinas en la calle de Alcalá, Del Castillo pasaba algunos ratos de ocio en la biblioteca, ojeando los prospectos y las novedades de los proveedores extranjeros. Llegado el caso, consultaba algún libro de ciencia, pero miraba con desconfianza los volúmenes de los filósofos y los líricos. Todo es pura farfolla, pensaba. Se salvaban, a su parecer, los poetas latinos, que mantenían una actitud viril y heroica, sin el baboseo de las últimas blandenguerías románticas, o lo que era peor, esos versos tenebrosos, de una morbosidad enfermiza, tan a la moda. Teodoro del Castillo tenía preferencia por la historia de Roma, y de estudiante se había aficionado a leer los *Comentarios* de César, cuando en el colegio de frailes jugaban en las aulas al bando de Roma y al bando de Cartago. Recibió con júbilo los sucesivos partos de su esposa. Cuatro varones como cuatro soles, qué grandes emperadores podrían haber sido, le gustaba decir, y por esa razón había llamado a sus hijos Octavio, Tiberio, Claudio y Marco Aurelio. Los veía como nobles luchadores, y hombres de provecho, y caballeros de la tabla redonda, y valientes, y también sensatos, y prósperos. Y así, por deseo expreso de Teodoro del Castillo, todos sus hijos eran viriles, de gestos reposados, cabezas frías y palabras medidas. En estos tiempos desordenados, decía Del Castillo, mejor que salgan apolíticos. También por deseo expreso del padre, los hijos habían estudiado medicina. Un médico es un médico, mande quien mande. Y en las guerras y en las epidemias, siempre se necesitan médicos. Y además los médicos son científicos, racionales, templados. De médico no te haces rico, a menos que seas una eminencia, decía Teodoro del Castillo. ¿Y para qué quieren mis hijos más dinero? En esta familia el dinero lo ganamos con los asientos reclinables, los excusados de cisterna a pedal, las literas abatibles y las ventanillas de guillotina. Cuantos más adelantos en los ferrocarriles, más beneficios para nosotros.

Aparte, claro, que los chicos le salieron médicos tras un concienzudo lavado de cerebro. Mediante hábiles maniobras coactivas desde la infancia, que consistían en hacer jugar a sus hijos con muñecos anatómicos despiezables, estuches de practicante con jeringas de vidrio, microscopios con lentes para ver bacterias tan grandes como elefantes, fonendos auténticos, instrumental de cirujano y un corazón desmontable que latía por impulsos magnéticos, Del Castillo consiguió que los piernilargos se familiarizasen con la medicina. Aunque doña Clara hubiera preferido algún arzobispo.

Cuando Elisa regresó de Suiza con dieciséis años, Octavio, Tiberio, Claudio y Marco Aurelio eran ya médicos que trabajaban duro y entraban y salían de la casa familiar sin dar explicaciones, puesto que vivían todavía bajo el techo de sus padres. Ninguno entendía los devaneos artísticos de su hermana, se extrañaban de que perdiese el tiempo con revistas literarias que sólo leían poetillas oscuros, tampoco veían con buenos ojos los cuadernos que escribía a escondidas y que encerraba con siete llaves y, menos aún, sus correrías por los cafés de Madrid. Teodoro del Castillo conservaba intacta la esperanza de casar a la niña a toda prisa con un hombre respetable y acomodado. A ese efecto, ya había empezado a tantear en el Casino a los padres de posibles Tenorios casaderos.

Me está sacando a subasta, le decía Elisa indignada a tía Úrsula, mi padre es un troglodita. Seré escritora, pero no poetisa como Carolina Coronado, ni novelista sentimental como Angela Grassi. Yo voy a contar la *histoire de ma vie*, como George Sand. Escribir mis memorias, eso es lo que quiero. Pero ¿qué memorias?, se reía Octavio. Lo que tienes que hacer es comer mucho hígado para no estar tan pálida, le recomendaba Tiberio, y pasear por el campo, que es muy higiénico. Ya paseo, bobo, paseo por el Salón del Prado con sombrero y manos enguantadas, por eso estoy pálida. Paseas por locales llenos de humo con Altagracia Carvajal y Ferreira, a ver si os corteja alguno de esos bohemios, le reprendía Marco Aurelio, seguro que tenéis los pulmones negros, por contagio. ¿Y tú qué sabes por dónde paseo yo? No soy ninguna niña. Soy una ciudadana libre y vivimos en 1860. Mujer, suavizaba tía Úrsula, tus hermanos no hablan en serio. Tiene razón Elisa, intervenía Claudio, que vaya y venga por donde le dé la real gana, ya va siendo hora de que alguien haga su santa voluntad en esta casa.

Sonaba el piano en el salón. Será tía Úrsula, pensó Elisa que ahora recordaba con nitidez las imágenes del café Suizo, unas semanas antes. Fue allí donde tropezó con Gustavo Adolfo por primera vez y aún podía ver los rostros de aquellos poetas excitados, pegando palmetadas en la mesa.

—Hay que acabar con el academicismo, viva la poesía popular —dijo uno.

—Viva Enrique Heine —jaleó otro.

—La poesía debe ser objetiva, poesía para todo el mundo —declaró un calvo prematuro, con las fosas nasales como túneles.

El más guapo de todos, ojos peligrosos, boca firme, cabellera de santo, hizo callar a los demás con voz de trueno.

—Hay que gozar del éxtasis de la invención estética, dejarse llevar por el vértigo de lo inconsciente, abismarse en lo que no tiene nombre. Y para eso, amigos, mucho tumbarse en el diván y mucho ensueño perezoso.

Elisa advirtió que tenía un deje andaluz.

—De la pereza, señores, del mismísimo vacío del no hacer nada, brotará el genio de la poesía.

Los amigos asentían con respeto, como si hablara el Patriarca de Constantinopla. Elisa pensaba que en todas las tertulias, en todos los salones, hay personajes magnéticos, personajes en torno a los que gira el mundo. Cuando sucede una catástrofe o cuando las batallas están a punto de perderse, todos los rostros se vuelven hacia esos personajes magnéticos que a veces conducen a los demás a callejones sin salida o a grandes batacazos por los precipicios. Aquellos ojos peligrosos pertenecían a uno de esos personajes magnéticos.

—La poesía debe ser natural, breve y seca —prosiguió el hechicero de aquella reunión, y un rizo le cayó sobre la frente.

Se avivaron las brasas de los cigarros, se pidieron más cafés y más copas. Llegó un camarero con una bandeja. Todos gesticulaban. El calvo prematuro se animó:

—Sí señor, natural, breve y seca.

—Y sintética.

—Y melódica —añadió un bohemio con lentes.

—Y sustantiva —dijo un poeta con bufanda.

—Y adjetiva, no te fastidia —rezongó un lírico malhumorado y acatarrado.

El poeta de los ojos peligrosos miró de pronto hacia el velador de Elisa y tía Úrsula. Llegaba Altagracia Carvajal. Se besaron entre ellas y Altagracia inclinó la cabeza, correspondiendo al saludo de los tertulianos.

—¿Los conoces? —preguntó Elisa.

—Son amigos de mi hermano Ignacio.

—¿Y el más alto?

—El más alto es Gustavo Adolfo, *el sevillano* —dijo Altagracia.

Elisa lo escrutó con interés.

—He leído cosas suyas en *La Crónica* y en *El Álbum de Señoritas*. A mí me parece un genio.

—Un pobre genio que se muere de hambre.

—*El caudillo de las manos rojas* tiene la fuerza de un Byron. O más.

—En este país lo mandarán a galeras —dijo Altagracia con el colorete subido.

—Es injusto.

—Has regresado a España, Elisita, si tienes el fulgor del genio y no manejas relaciones o dinero, estás perdido.

—¿Y no hay modo de salir adelante si eres pobre y artista?

—Tal vez si tu salud es buena y resistes muchos años comiendo pan y cebolla.

—Pues el sevillano no parece gozar de una salud de hierro.

—Dicen que una suripanta le contagió una enfermedad del sexo.

—¿Una suripanta?

—Una mujer de las tinieblas.

—Menos metáforas, Altagracia, ¿quieres decir una puta?

—Eso es, una puta. Tú, cuando quieres, Elisa, a cada cosa por su nombre.

—¿Y se ha curado?

—Eso parece

Tía Úrsula se impacientaba.

—Vaya lenguaje, queridas. La Reina ligera de cascos y las señoritas de buena familia hablando como cosacos. No me gustan los cafés, niñas, no son sitios para damas.

Pero durante los días siguientes, Elisa volvió a arrastrar a tía Úrsula y a Altagracia a los cafés de Madrid. Que le gustaba la atmósfera de humo y bullicio, decía

Elisa. Que en Lausana no había cafés literarios. Sólo una semana más tarde volvieron a coincidir con la tertulia del sevillano, en el café de Platerías, en la calle Mayor. A Elisa le pareció que el poeta no las había visto, pero cuando ellas se levantaban para marcharse, aquel hombre que parecía una sombra se acercó a Altagracia y departió con ella un momento.

Las amigas se despidieron con prisas. Tía Úrsula y Elisa pararon un simón para llegar a tiempo al Teatro de la Zarzuela.

Al día siguiente Elisa sometió a Altagracia a un tercer grado, de paseo las dos por la calle de Alcalá.

—Era él, ¿verdad? Era Gustavo Adolfo.

Altagracia intuyó que Elisa estaba descompuesta.

—Era Gustavo Adolfo, sí.

—¿Y qué quería?

—No quería nada.

—Pero ¿qué te dijo?

—Apenas nada.

—Sí que te dijo, le vi mover los labios.

—Me gastó una broma, eso fue todo. Es amigo de Augusto Ferrán y Ferrán ha sido profesor de mi hermano.

—Yo creía que Ferrán era sólo periodista y traductor.

—Y también da clases privadas de alemán, cuando le salen alumnos.

—¿Y cuándo lo conociste? Nunca me lo habías dicho.

—Te lo dije. Te lo dije hace una semana cuando me saludó en el Suizo.

—Yo no me acuerdo. Me dijiste: mira, ése es Gustavo Adolfo, pero no me dijiste que lo conocías tanto.

—No lo conozco tanto.

—Pero ayer te habló muchísimo.

—No me habló muchísimo, me saludó y cruzamos unas frases.

—¿Cruzasteis unas frases? Tú únicamente dijiste buenas tardes; *él* dijo un montón de frases.

—Puede ser.

—¿No me vas a decir qué te dijo?

—¿Por qué estás tan celosa, Elisa? Ni siquiera habéis sido presentados.

—No estoy celosa. Lo que ocurre es que quieres picar mi curiosidad.

—La verdad es que me recitó una de sus rimas, en tono teatral.

—¿Qué rima?

—*Tu pupila es azul y, cuando ríes,*
su claridad suave me recuerda
el trémulo fulgor de la mañana
que en el mar se refleja.

—Y tú le regalaste una sonrisa de nínfula burbujeante después de tres copas de anisete.

—¿Qué querías que hiciera?

—No sé, una actitud un poco más altiva.

—No me gusta el poeta, si es eso lo que te interesa saber. Ni yo le gusto a él. Coincidimos en una velada en casa de las Monreal y no me hizo ni caso. Aprecia a mi hermano Ignacio, eso es todo. A veces se encuentran en el Suizo o van juntos a las botillerías de la plaza de la Cebada. Y además, ayer me dijo otra cosa.

Elisa casi histérica:

—¿Qué te dijo?

—Algo que no debo repetir. Será peor para todos.

Elisa sujetaba la muñeca de Altagracia.

—Si no me lo dices, empiezo a gritar.

—Olvídalo, Elisa, era algo sobre ti.

—¿Que lo olvide? ¿Te habló de mí? ¿Dijo algo desagradable sobre mí?

—Agradable.

—Altagracia, por favor, habla de una vez.

—¿No te vas a enamorar de él, verdad?

—¿Por qué dices eso? ¿Qué tiene de malo Gustavo Adolfo?

—Es un príncipe negro, de los que regalan rosas con espinas envenenadas.

—Eso es emocionante, Altagracia. Yo no tengo miedo a los corazones ensangrentados.

—Y además es pobre como las ratas, y las niñas ricas y rubias como tú y como yo no debemos enamorarnos de las ratas.

—¿Aunque las ratas sean geniales y escriban con la mano de Dios?

—El problema es que el mundo no quiere ver la genialidad de ciertas ratas y prefiere que se pudran en las alcantarillas.

—Pero entonces el mundo es una jugarreta de Belcebú, y las niñas ricas y rubias unas idiotas que no son capaces de ver el verdadero talento y la verdadera grandeza de los hombres.

—Elisa, a tu padre le trae al fresco la verdadera grandeza de un hombre si no va acompañada del brillo del oro.

—Ya lo sé, poderoso caballero es don Dinero.

—Eso me suena.

—Quevedo, amor. Teodoro del Castillo se puede ir al cuerno.

—¿Qué te dijo de mí, Altagracia?

—Me dijo que tenías los ojos verdes de las náyades.

—¿Y qué más? ¿Dijo algo más?

—Que eran verdes como el mar verde y verdes como las pupilas de Minerva. Dijo que prefería que no te dijera nada. Que ya habría tiempo para conoceros.

Elisa puso los ojos en blanco y dio un silbido.

—¿Y qué pasa si me enamoro de un príncipe negro, pobre como las ratas?

—Se armará —suspiró Altagracia.

2

Entre la leve gasa
que levantaba el palpitante seno,
una flor se mecía
en compasado y dulce movimiento.

Estaban las niñas Maturana, los Núñez-Salcedo (la madre, cuajada de brillantes hasta la diadema), los condes de Sajonia, la marquesa de Sotoluengo, Panchito Palacios y su pandilla de calaveras, uno muy agitanado, con capa bordada y sombrero calañés, un General del linaje de los Friburgo, Paloma Monreal y su hermana Casilda, escoltadas por una brigadilla de húsares con mucha botonadura y escarapelas, los Espín y Guillén en pleno, Angela Zardoya y su mamá, Pinito Fenollosa y su última conquista, el barón Manganelli o Tortellani, no recuerdo, y estaba el cuñado de Florencio Janer y un corrillo de poetas, y varias Coronelas con peineta y mantilla , y estaba Altagracia Carvajal y Ferreira, naturalmente, y los Villegas y los Vallín, y las Cabrera con ese primo escocés, míster Macdonald, que venía de frac como todo el mundo (lo que fue una decepción para algunos, porque nos habían dicho que luciría falda escocesa y calcetines de borlas), y el chico Casalduero, que no quitaba ojo a Elisita, y Segismundo Torres-Carreño, ese fachón, y Milagritos Gortari con Titina de Laiglesia, la niña de los Álzaga, Nana Pradilla y Pacita, alborotando mucho porque Nana se casa por fin con Félix Montemayor, y estábamos nosotras, y Saritina López de Gómara, y el todo Madrid, Clara, vaya festejo, qué te voy a contar.

Tía Úrsula hacía para su hermana Clara un recuento pormenorizado de los asistentes al sarao en casa de los tíos de Altagracia Carvajal, de la rama de los Carvajal Aristeigueta, carlistas hasta los tuétanos y marqueses de Campoflorido. Pero en la voz de tía Úrsula había un ligero desfallecimiento, porque tenía que ocultar la escapada furtiva de Altagracia y Elisa, para reunirse, de trasnochada, con una pandilla de noctámbulos (sobre todo para encontrarse Elisa con el poeta), en tugurios que ni en sueños podían pisar las jovencitas decentes.

Por eso tía Úrsula palidecía, pero se mantuvo digna y comentó que había sido muy buena idea quedarse a dormir en el palacete de Altagracia, tan cercano al de sus tíos. En resumidas cuentas, la presencia de Elisa en la fiesta había sido un éxito. Tras lanzar una mirada alerta hacia doña Clara, la mirada de los culpables que temen ser descubiertos, Úrsula aseguró que Elisa había hablado en perfecto inglés con míster MacDonald y había valseado con una larga lista de caballeros.

—A la una en punto estábamos de retirada en casa de Altagracia —concluyó con una luminosa sonrisa tía Úrsula, porque en ese momento estaba diciendo la pura verdad.

—No sé, no sé —dijo sin entusiasmo doña Clara—, me temo que a la pobre Elisa no le gustan mucho los guateques, lo hace por complacernos. El año pasado, los Grançy la llevaron al baile del Gran Hotel Belvédère de Lausana, pero me parece que fue sin ganas. Esta niña nuestra ha salido muy de libros. Si al menos fueran lecturas sacras... Aunque debo confesarte, Úrsula, que la prefiero bachillera a mojigata. Dios me perdone, pero me parecería horroroso tener una hija monja. En fin, si dices que se ha divertido, me quitas un peso de encima.

—¿No cenan en casa Teodoro y los chicos? —preguntó tía Úrsula, por cambiar de conversación.

—Cada uno a lo suyo —dijo doña Clara—. Teodoro iba a una cena a Lhardy con unos alemanes que fabrican lavabos con un géiser de agua jabonosa, comodísimo para que no resbale la pastilla de jabón en pleno traqueteo del tren. Los chicos tenían entradas para el teatro... Le diré a Dora que prepare la mesa para nosotras tres.

Pero Dora anunció que Elisa estaba muy cansada y que iba a tomar un vaso de leche en su habitación.

Doña Clara emitió una risita comprensiva.

—¡Los valses!...

Tía Úrsula intentó mantener la calma y supo que en adelante estaba condenada a decir una mentira detrás de otra.

—¡Los valses!... —repitió, con un escalofrío.

Elisa trataba de recordar el inicio de su conversación con Gustavo Adolfo en la fiesta. En realidad nadie les había presentado, o sí, Altagracia, mucho más tarde, cuando ya habían hablado de Heine y de Lord Byron. Todo empezó cuando ella mencionó cierto verso del escocés Robert Burns, en su charla con míster MacDonald. El poeta pegó la oreja y más tarde sometió a Elisa a un tenaz interrogatorio sobre sus conocimientos literarios. Al principio, Elisa creyó reconocer esa punta de condescendencia con que los hombres se acercan a las mujeres que ellos tildan de marisabidillas.

—Puede llamarme Gustavo Adolfo —dijo con aire desenfadado; le sonrió—. Ya veo que es usted íntima de Robert Burns.

—¿Le extraña?

—Más bien me gusta —contestó con simpatía—. Salvo mi amigo Ferrán, usted, míster MacDonald y yo mismo, dudo que los presentes tengan la más remota idea de quién es Robert Burns.

—¿Está aquí Augusto Ferrán?

—¿Conoce a Ferrán?

—Nunca lo he visto, pero he leído sus traducciones de los cuentos de los hermanos Grimm en *El Sábado*. Además, su hermana Adriana está casada con el abogado Florencio Janer, y Florencio es amigo de casa.

—Ferrán es el Heine español, pero aquí no se enteran.

—Entre nosotros dos, no hubo suspiros ni hubo lágrimas... —empezó a recitar Elisa.

—Lágrimas y suspiros reventaron después... muy tarde ya —continuó él—. Veo que además trata de cerca a Heinrich Heine.

—Y también le conozco a usted, señor Bécquer.

Él la miró complacido y cabeceó con sorna.

—Vaya, vaya. Debo confesar que estoy fascinado. ¿Dónde ha aprendido tanto, Lady Byron?

—¿Me está usted examinando? —preguntó Elisa, con un tonillo descarado—. He estudiado en un colegio suizo en inglés, en francés y en alemán, y leo poesía desde los cinco años. Si quiere mi opinión, Campoamor y Walter Scott me parecen demasiado empalagosos y campanudos, pero leo con gusto a Musset y a Byron.

—Empalagosos y campanudos, eso está bien. En realidad el mundo está lleno de poetas empalagosos y campanudos.

—Y también hay mucho poeta cascabelero —dijo Elisa.

—Y poetas tétricos y difuminados y temblorosos y reverberantes.

Elisa se quedó pensando.

—Dígame un poeta reverberante.

—Góngora, por ejemplo. Le da un énfasis especial al rubí, al lapislázuli, al nácar del mar del Sur, a la plata del Potosí, al mármol resplandeciente, al bronce, a los yelmos y a los escudos de los Genízaros fieros.

—¿Quiénes eran los Genízaros fieros?

—Me pone en un aprieto, creo que eran unos implacables guerreros turcos.

—¿Le parece que Garcilaso es un poeta reverberante? —preguntó Elisa.

—A veces reverbera, y a veces, no, depende.

—Yo creo que, en términos generales, la poesía es pura reverberación.

El sevillano asintió con la cabeza, frunció el ceño como haciendo un esfuerzo para recordar y recitó:

—*¡Oh más dura que mármol a mis quejas,*
y al encendido fuego en que me quemo,
más helada que nieve, Galatea!

—Aquí Garcilaso reverbera un poco. Ya lo ve: mármol... Encendido fuego... Nieve...

En ese momento se acercaron Altagracia y Ferrán. Altagracia preguntó si ya se conocían, y Gustavo Adolfo respondió que no habían sido presentados como Dios manda y que lo único que sabía era que aquella señorita resplandecía y reverberaba. Entonces Altagracia imitó una voz ceremoniosa:

—Le presento formalmente a Elisa del Castillo.

—Encantado, señorita Del Castillo, estoy seguro de que dentro de unas horas estaré pensando en usted.

—Y yo estaré pensando en los Genízaros fieros.

Paloma Monreal, seguida por su hermana Casilda y

por una corte de húsares con botonaduras y galones, metió baza con alboroto.

—No sabíamos que conocía a Elisa del Castillo, Gustavo. Todo el mundo sabe que Elisa era una niña prodigio, que hacía rimas desde la cuna. ¡Cuidado con la competencia!

Elisa enrojeció. Él salió al paso, galante.

—Y ahora es un prodigio de mujer. A decir verdad, es la mujer más luminosa y más inteligente que hay en esta fiesta.

—Bien dicho —aprobó un coronel curda que pasaba por allí.

Las Monreal y los húsares se fueron con la música a otra parte.

—Elisa —babeó Panchito Palacios—, no olvide que me ha prometido un baile. Y a usted, querido amigo, las Espín y Guillén lo reclaman en la biblioteca para los naipes, dicen que ya ha acaparado bastante a Elisa del Castillo.

Gustavo Adolfo lanzó a Panchito una mirada asesina, se sintió obligado a despedirse de Elisa y la dejó girar y girar como una bailarina loca en una caja de música.

Ella dio vueltas y vueltas y más vueltas sin saber con quién valseaba. No estaba en condiciones de fijarse en las caras, en los uniformes, en las patillas, en los escarpines acharolados, en los bigotes retorcidos de sus compañeros de baile. Mientras bailaba como una descosida sintió los aleteos y las efusiones de las despedidas y oyó comentar que algunos invitados se iban a rematar la juerga a otra parte. Supo por un cangrejo gigante que se instaló pinzando su costado derecho, que el poeta se había fugado con los desertores.

Elisa siguió girando, descoyuntada por dentro, no sabía bien por qué. O sí, lo sabía perfectamente. Lo sabía del mismo modo que lo sabemos todas las Julietas. Ese cangrejo gigante que pellizca nuestro costado, o nuestro estómago, suele aparecer en el mismo instante en que descubrimos que aquel que acaba de desaparecer de nuestro campo visual, es, por desgracia y afortunadamente, Romeo. Cuando valseó con Ricardito Casalduero, Elisa estuvo a punto de desfallecer en sus brazos de puro cansancio, lo que Casalduero tomó por un cumplido. Pero ella recompuso dignamente la figura, sin dejar de girar como una peonza. A la una en punto estaba mareada y se reunió con Altagracia y tía Úrsula, pues deseaba regresar a casa.

A la una y media, Elisa todavía daba vueltas en una de las habitaciones de invitados del palacete de los Carvajal y Ferreira. Seguía vestida porque sabía que no pegaría ojo si se metía en la cama en aquel estado de excitación. Pensaba desordenadamente. Se le ocurrían imágenes que tenían que ver con ella misma y con Gustavo y con el futuro que le esperaba si su padre persistía en pactar una boda con un buen partido. Acariciaba, nerviosa, la madera de palisandro del secreter de Chippendale. ¿Qué hago yo aquí entre tanto palisandro? ¿Qué hago yo aquí mientras él estará pensando en mí en algún tugurio de Madrid? ¿Estará pensando en mí? No, qué va a pensar en mí. Las dudas revoloteaban sobre Elisa como bandadas de aves carroñeras. Seguramente estará pensando en la que tenga más cerca. Los hombres son como los niños chicos, se dijo Elisa, olvidan rápidamente lo que acaba de ocurrir. No tienen memoria del pasado. Sería mejor salir a buscarle. Estás loca, Elisa. ¿Perseguir a un poeta a estas horas?

Estará viendo bailar el cancán, estará en el billar, estará jugándose los cuartos que no tiene, estará con una pelandusca, estará con una dama de alta alcurnia, estará tosiendo, estará fumando, bebiendo, perorando con sus amigotes. Tendrá aliento de pozo estancado, tendrá los botines con agujeros, tendrá la voz cavernosa, el frac rozado, y además alquilado, el cabello de tigre, los huesos de agua, la cabeza embotada, los dientes amarillos, tendrá un globo ocular de vino lóbrego y otro con nubes cegadoras, tendrá las ojeras negras, y sabañones, y los nudillos despellejados. Pero ni siquiera con estos razonamientos Elisa descartaba al príncipe tenebroso. Todo lo contrario. La rabia por no poder estar cerca de él, aguijoneaba con más fuerza su deseo.

No quería dormir y los minutos se le hacían de plomo. Cuando faltaba un cuarto de hora para las dos, imaginaba palomas mensajeras con alas rotas, palomas que nunca llegarían a su destino, arrastrándose por el polvo sin avanzar ni un palmo, varadas en los parques, en las cornisas, en las arquivoltas, en las cúpulas y en los campanarios de los conventos de clausura sin poder alzar el vuelo.

A las dos de la madrugada veía paraguas agujereados con radios retorcidos, un torrente de lluvia calando a los transeúntes, Elisa también a la intemperie bajo aquel amasijo de varillas quebradas y raso negro hecho jirones, empapada hasta el alma. A las dos y cinco minutos pensaba en una ciudad en penumbra y sin palabras. Las gentes dejarían de hablar a causa de una malignidad en la lengua que se contagiaría a una velocidad de vértigo, todas las lenguas del mundo malformadas por una lesión misteriosa, una callosidad inmóvil que daría paso a muecas pavorosas, porque aunque el muñón de la lengua no permitiría la emisión de sonidos, las neuronas seguirían sus viejas costumbres y pondrían en movimiento las mandíbulas cuando surgiera el deseo de decir algo. Todos los rostros convulsionados enfrentándose en silencio con un abrir y cerrar de quijadas y ojos espantados.

A las dos y diez se preguntó: ¿por qué tenía que callar como una cautiva a la que han rebanado la lengua? ¿Por qué no podía ella hablarle de aquellos ojos irritados, aquellos ojos de oliva, aquellos ojos un poco desorbitados, aquellos ojos de niebla, de agua roja, ojos de catarro, de pomada de mentol, de surtidor en gruta con verdín, de cristal de Bohemia que no se ha limpiado en mucho tiempo, ojos de té de la morería, de mar de sargazos, por qué no podía ella acabar con la parálisis de su boca y dirigirse a él y decirle que abriría sus labios y su garganta y su pecho y abriría sus rodillas y sus muslos y abriría su carne si él se lo pidiese?

Eran las dos y cuarto de la madrugada cuando Elisa irrumpió como una tromba en el cuarto de Altagracia (a esas alturas tía Úrsula dormía profundamente en la habitación de damasco dorado). Su amiga leía en bombachos y camisa a la luz de un quinqué, miró a Elisa y supo lo que iba a venir y lo que tenían que hacer.

Buscaron vestidos sencillos y sin escote en los armarios de ropa vieja de un cuarto ropero, y escondieron las cabezas rizadas y las horquillas de madreperla bajo unos mantones de vendedoras de flores.

—Déjame mirarte —dijo Altagracia—, pareces una violetera.

Elisa giró en redondo con un suave vuelo de falda, sin el frufrú de las enaguas y la crinolina.

—Deberíamos ir siempre así —dijo Elisa—, sin corsé y sin jaulas.

—Si se despierta la servidumbre, tú pones cara de dolorosa y yo digo que vamos a la botica de don Cosme, que no cierra en toda la noche. Te ha dado un ardor.

—O un vértigo —musitó Elisa.

Las dos reían entre susurros saliendo al jardín.

—O un calambre —sugirió Altagracia.

—El ardor de querer pasar un minuto con él, el vértigo de rozar ese cuerpo de resucitado, el calambre de volver a ver sus dedos negros.

—¿Tiene los dedos negros?

—De tinta, boba, dedos de calamar —dijo Elisa.

Cerraron la cancela sin hacer ruido y caminaron hacia la Fuente Castellana, rezando para no tropezarse con el sereno, hasta dar con un calesero que fumaba junto a un coche de alquiler.

—Al café de Fornos, en la calle Sevilla —dijo Altagracia, entregando unas monedas al hombre.

En la calesa mejoraron el arreglo de las pañoletas y se acurrucaron en el asiento, arrebatadas y nerviosas.

—Si no están en el Fornos, nos vamos a buscarlos al chocolate con churros de la pradera del Santo —dijo Elisa, temeraria.

Altagracia dudó:

—Elisa, la pradera es peligrosa, dicen que está llena de militarones borrachos, busconas y navajeros.

—Si a ti te asustan los sacamantecas y las buscavidas, me esperas en el coche. Bastante haces con acompañarme.

—Ni pensarlo. Yo preguntaré en el café. Tú eres demasiado carita de porcelana para que te confundan con una florista.

Elisa se arropó con el mantón y se cubrió la cara como una bereber.

—Como quieras.

—Además, si buscamos a Gustavo Adolfo, llamaremos la atención, hay que preguntar por Ferrán —dijo Altagracia.

El coche paró ante la puerta del café de Fornos. Un camarero detuvo a la joven de mantón que acababa de atravesar la vidriera y ya avanzaba hacia las mesas. Altagracia Carvajal y Ferreira, poniendo voz de moza de recados, preguntó por el señor Ferrán.

—Ese pájaro y los suyos han levantado el vuelo, jovencita —dijo el camarero, con malas pulgas.

—Traigo una carta urgente. ¿No sabe dónde puedo encontrarle?

—A estas horas, en las calderas de Pedro Botero, niña, o en otros tugurios de peor calaña en los que no se permite la entrada a recién nacidas.

Altagracia olvidándose de su disfraz, dio un giro de marquesa ofendida, cerró la puerta del café con aires de reina e hizo un gesto negativo a Elisa que desde las cortinillas del calesín espiaba la jugada.

—Cochero, vamos a la pradera del Santo —dijo decidida Altagracia.

Elisa y Altagracia se han sentado, tapándose las caras, en uno de aquellos tenderetes de lonas, iluminados por candilejas. Es una noche con luna llena de primeros de marzo y piden chocolate con churros a una bruja que se acerca cojeando y las mira con sonrisa malvada. Elisa observa a dos mujeres repintadas que revolotean de mesa en mesa, saludando a los soldados patilludos y a los hombres de la noche, y espantan con un taconeo a una gitana que les quiere echar la buena suerte. Hay otras mujeres solas o en cuadrilla tomando chocolate y licores. En una barraca cercana suenan los acordes bulliciosos de unas guitarras y algunas parejas se pierden dando pasos de baile por la pradera. Altagracia está con la cabeza inclinada, mirando la taza de chocolate, vigilando a hurtadillas la llegada de nuevos crápulas con la chistera ladeada. Elisa está segura de que Gustavo Adolfo va a venir. Está tan segura que no puede respirar, entre el humazo de las fritangas y el placer que le produce estar allí, disfrazada de tunanta, esperando al poeta.

Desde la carpa de enfrente va dispersándose un grupo de señores que a Elisa y Altagracia les resultan conocidos. Ahí llega Julio Nombela, tertuliano del Suizo, con Ferrán y otros caballeros. Nombela tiene expresión de personaje del Greco. Se acaricia la barba florida y pide café y buñuelos para todos. Ferrán ha vivido en Munich y aunque trae la levita raída, se da aires de señor de mundo. Se sientan a un velador en una niebla de humo de puros, risotadas y saludos a las modistillas y busconas que desde otras mesas les hacen guiños.

Un instante después aparece el poeta en la penumbra ruidosa del tenderete. Y al caminar él por la carpa parece que los juerguistas bajan la voz, las guitarras se ponen tiernas y las mujeres desesperadas atisban un futuro de días más dulces.

Gustavo Adolfo no tarda en reparar en las dos misteriosas mujeres embozadas a lo bereber. Descubre los ojos verdes de Elisa y de un salto se planta en la mesa.

—Permítanme acompañarlas a su casa ahora mismo. Se les va a caer a ustedes el pelo. Están locas, niñas. La loca Carvajal y la loca Del Castillo. Las dos locas, locas de atar. ¿Qué hacen aquí a estas horas?

Elisa deja caer el mantón que le cubre la cara y sonríe como una tonta. Con la misma tontuna de todas las enamoradas de todos los tiempos cuando sonríen de oreja a oreja tras las palabras iniciales del amado. El amado, en cualquier época, en cualquier lugar puede decir qué bonito es Versalles, quiero otro J.B. con hielo, si profano con mi indigna mano este sagrado santuario, ¿tienes fuego?, usted tiene ojos de Rita Hayworth, hola, hola, ¿sois honesta?, ¿en tu casa o en la mía?, yo soy tu siervo Calixto, ¿no nos hemos visto antes, en Cáceres o en Segovia o en Nueva York?, vaya calor, o vaya frío, puede decir el amado cualquier cosa, lo que sea, y la enamorada sonreirá con esa misma expresión indefinida que en realidad oculta un pensamiento deslizante: me estoy metiendo en tu boca de lobo, ya no hay remedio, sigue hablando, no dejes de hablar, Romeo, hasta los santos tienen manos, no dejes de mirarme, resbalo hacia ti, me deslizo por un tobogán hacia tu boca, resbalo...

Ése fue el modo de sonreír de la tatarabuela Elisa.

—Tenemos a un cochero esperando —dijo con voz de Bella Durmiente, despertada de golpe a la realidad de las cosas.

—Elisa está invitada en casa, mis padres están de viaje. Nadie sabe nada —se justificó Altagracia.

Y él va a la mesa de sus amigos y le dice algo al oído a Julio Nombela. Regresa con Nombela a la mesa de las bereberes. Los dos disimulando la risa, los dos con demasiadas copas, los dos con las ojeras oscuras de las malas noches, los dos escapados de un cuadro del Greco.

—Hazle compañía a Altagracia Carvajal un momento, Nombela, que yo voy a solventar un asunto con esta niña, en un rincón discreto. Altagracia mira el tazón vacío de chocolate, Nombela se sienta, la bruja renqueante pregunta si van a consumir algo más. Nombela pide un amontillado. Altagracia, envalentonada, pide también un amontillado. Elisa va a pedir otro amontillado, pero una garra de hierro atenaza su brazo y la arrastra hacia las sombras.

Elisa no sabe qué hacer con las manos, sentada a solas con un poeta en la carpa más apartada y peor iluminada de aquella feria nocturna. Las retuerce en el regazo hasta que él sujeta los hombros de Elisa para ver bien su cara a la luz de la luna y empieza a besar sus párpados y sus cejas rubias y los bucles que han aparecido bajo el pañuelo de violetera. Ella cierra los ojos y los abre un segundo, y siente que en otras mesas otros hombres y otras mujeres están haciendo lo mismo que ellos, porque se escucha el roce de las levitas y los vestidos, y los suspiros, y los falsos reproches a media voz, el tira y afloja, y el sonar de algunas monedas.

No, Elisa no siente ninguna vergüenza. No le avergüenza dejarse besar por un hombre que abrasa en las calderas de Pedro Botero, rodeada de mujeres de mala vida. Y en aquella penumbra, entre beso y beso, Elisa descubre que allí está la vida, la vida buena. Mujeres de la buena vida, con vida perra, piensa.

—Vamos a emborracharnos con amontillado —pide Elisa, aunque ya está borracha de besos.

—¿Por qué me permites seguir adelante, Elisa? ¿Por qué me has buscado? —tutea él por primera vez.

Elisa estuvo a punto de confesar su amor, pero un sexto sentido le dijo que más valía dar largas y enredar un poco con las palabras. Al fin y al cabo las palabras eran el reino de aquel arquero inflamado.

—Yo busco la luna, señor, y las raíces enterradas y los espejos velados y un pájaro incandescente y las bocas frondosas de los Genízaros fieros, si es que queda alguno, pero no le busco a usted, Gustavo Adolfo. No se haga ilusiones, yo admiro al poeta, pero puede que el hombre no sea tan irresistible.

Incrédulo y con media sonrisa, el de Sevilla se aplacó la cabellera, que a esas horas le daba aires de león cansado.

—Dime, señorita Del Castillo, ¿a quién besabas? ¿Al hombre o al poeta?

—Besaba al poeta en el hombre, o tal vez al hombre que esconde un poeta, o al poeta-hombre o al hombre-poeta. Bueno, besaba a los dos, y ya está.

Gustavo Adolfo la estrechó de nuevo y esta vez se detuvo en la boca de Elisa con la insistencia de un lírico altamente apasionado.

Ella saltaba por dentro con una despiadada alegría, saltaba porque creía que lo tenía atrapado, saltaba por su triunfo seductor, saltaba porque el poeta era suyo y de nadie más, saltaba porque en el duelo amoroso ella había clavado la primera estocada, lo sabía, lo sentía Elisa, con sólo dieciséis años, él la amaba, él la necesitaba, él la iba a buscar a ella en adelante, por eso Elisa saltaba por dentro con la alegría de la victoria. Quería que él la amase con desesperación, no por la vanidad de una conquistadora donjuanesca, sino porque ella le amaba con desesperación. Y para despertar el amor más salvaje, valían todas las armas. Era el momento de una retirada estratégica.

—Los ojos se me cierran, Gustavo —dijo Elisa mimosa, saciada de besos, recostándose sobre el velador.

—*Dormid ojos, dormid a sueño suelto, mientras ato mi vida en vuestro sueño.*

—Muy bien traído Quevedo, amor.

—¿Me has llamado amor?

—Llamo amor a mi perrita Amarilis, y a tía Úrsula, y a mi hermano Claudio, y a mamá, y también a Altagracia. Es una traducción libre del inglés, *darling*.

—Pues yo me perderé en tu aliento llamándote amor, mi único amor.

—¿Tu único amor?

—Únicamente tú, y el mar y la hiedra y la primavera y la bruma y las hojas del árbol caídas y las ninfas y los áloes y las sirenas y Heine y Goethe y tal vez Dios, si existe.

—Ya veo; un amor multitudinario.

—Un amor que hace estallar pompas en la lengua. Y ahora a casa, cúbrete con el mantón, florista de lapislázuli.

—¿Las floristas de lapislázuli reverberan?

—Seguro que sí.

—¿Volveremos a hablar? —preguntó Elisa.

—Hablaremos día y noche, Siannah, perla de Ormuz, violeta de Osira. Hablaremos sin parar, ojos de esmeralda, hablaremos hasta el agotamiento, lirio salvaje del

Himalaya, hablaremos tú y yo, hasta que nos salgan palabras por las orejas.

Elisa flotaba de cansancio, de borrachera de lirismo y de pura felicidad.

—Ahora sí que me duermo a sueño suelto, amor.

3

Dos ideas que al par brotan;
dos besos que a un tiempo estallan.

Fue tía Úrsula la que consideró a Elisa poco capacitada para bordar mantelerías de Talavera en el mirador. Varias generaciones de damas y damiselas con el dedal en su sitio e infinita paciencia para el nido de abeja y el filtiré se iban al traste con los dedos nerviosos y destructores de Elisa. Así que las mujeres de la casa, incluidas la cocinera, la costurera y las monjas que desde el convento de las Madres Trinitarias preparaban el ajuar de la futura novia, llegaron a la conclusión de que Elisa era más una encarnación de Atila el devastador, que la descendiente de aquella bisabuela Ernestina cuyo prestigio había llegado hasta el mismísimo Clemente XIV, Papa de Roma, porque tejía unas filigranas de bolillos con hilos de oro, tan finas que parecían invisibles, y desde el Vaticano venían a llevarse resmas de encaje para los faldones de los altares.

—No hay damasco, ni brocado, ni holanda, ni tul que la niña no eche a perder —advirtió tía Úrsula a la madre de Elisa—. Si quiere leer, que lea, pero que no clave esas garras de pajarillo enjaulado en las telas preciosas.

De modo que Elisa quedaba libre para ser la dueña y señora de la biblioteca de su padre. Desde entonces su destino era sumergirse en los tomos de literatura, trepar por los anaqueles para leer en gallego las *Cantigas de Santa María* de Alfonso X el Sabio, reír con los amores de don Melón de la Huerta y doña Endrina de Calatayud, fraguados en la libertina cabeza del Arcipreste de Hita, memorizar los romances populares, *caballero a la jineta, encima una yegua baya, borceguíes marroquíes* y el resto del aparejo.

Nadie sabía por qué Elisa, que leía en francés y en inglés a los autores de moda, se empeñaba en seguir un itinerario histórico por las letras hispanas. Y como en aquellos días las mejillas de Elisa se encendían con facilidad, tía Úrsula llegó a la conclusión de que desde la ventana de la literatura su sobrina quería comprender sus propias tradiciones, asomándose a un mundo espacioso y abarrotado de gentes, con clérigos poco edificantes y dramas caballerescos, muertes gloriosas y amoríos sin salida. El caso es que Elisa llegó al teatro de Moratín después de beberse la tragicomedia de Calixto y Melibea, perderse en los endecasílabos de Garcilaso de la Vega, saltar de fray Luis de León a Teresa de Ávila y de ésta al *Cántico espiritual* de san Juan de la Cruz, ¡oh bosques y espesuras!, frecuentar a Góngora, a Quevedo y a Gracián como si fueran parientes cercanos, ¿siempre se ha de sentir lo que se dice?, ¿nunca se ha de decir lo que se siente?, visitar a Lope de vega, a los pícaros del Siglo de Oro, a Doña María de Zayas y Sotomayor, una dama de pluma ingeniosa y temeraria entre tanto caballero de letras, antes de detenerse, con el suspiro del marino cansado que contempla de lejos las luces de un puerto, en Cervantes y en Calderón.

Después de todo, Elisa hundía en la melaza de las palabras su hocico de mosca, saciaba la misma sed de Gustavo Adolfo, el hambre de papel de los plumíferos y de muchos lectores chiflados del Amadís de Gaula. En la biblioteca veía Elisa los ojos del poeta de veinticuatro años, ojos de ardilla, vigilantes y un poco estrábicos, ocultos tras las letras de los volúmenes más raros, se descubría Elisa rodeada por los párpados enrojecidos de un lunático en noche cavernosa, ella y él soñándose a pie de página; en el haz y el envés de las hojas sólo los separaba el callejero de una ciudad, pero no el trazo firme de los signos, no el ritmo cadencioso de las líneas, las voces con sentido, las palabras oleaje que Elisa leía en voz alta, como si rompiesen en la playa de un mismo pensamiento.

Nadie supo, entonces, salvo tía Úrsula, estatua de sal esperando muchas tardes en un banco del Salón del Prado, que cuando Elisa se reunía con Gustavo a los pies de una fuentecilla con ninfas saltarinas, las sombras de los árboles se quedaban con cientos de preguntas en los labios, de tanta espuma de letras lanzadas al aire, alfabetos del cuerpo, lenguajes inventados por los amantes, textos tatuados en la memoria, puntos, comas, páginas enteras rescatadas de lecturas solitarias, ahora el mundo a dos voces, Shakespeare o Jorge Manrique encerrados en una minúscula nuez, nuestras vidas son los ríos y el resto es silencio.

Pero cuando estaban juntos, como había vaticinado el poeta, no callaban nunca.

Y cuando hablaba Gustavo Adolfo del blanco y liso cuello gongorino, Elisa le recordaba el soneto malvado de Quevedo, yo te untaré mis obras con tocino, porque no me las muerdas, Gongorilla; y él decía que Gutierre de Cetina robaba sus madrigales de los villancicos populares, y aprovechaba para llamar a Elisa, ojos claros, serenos. Ella, a cambio le regalaba un eclipse y un himno gigante.

—¿Has dicho un himno gigante? —decía él—. Déjame pensar. —Y se callaba durante un tiempo—. Lo tengo: Yo sé un himno gigante y extraño que anuncia en la noche del alma una luz.

—¿Y por qué no una aurora?

—¿Una aurora?

—Sí, una aurora, queda mejor.

Él se mesaba la perilla.

—Puede ser.

—*Yo sé un himno gigante y extraño* —repetía Elisa— *que anuncia en la noche del alma una aurora.*

—Gongorilla, dulcísima señora, resuenas en la tarde como un mar lejano.

—¿Cómo un mar lejano? —dudó Elisa, luchando contra un pulpo de mil brazos—, si te pegas a mí como la hiedra.

—Lejana o adherida a la piel como un echarpe de besos, resuenas en la tarde, y basta.

—¿No te parece bellísima la palabra muslo? —preguntó Elisa.

—Mejor muslos, amor, en plural; ay, los muslos secretos. Veo ciudades enteras de muslos.

—¿Cómo son las ciudades de muslos?

—Columnas fantasmales de marfil y de ébano, bordes, vértices, curvas, huecos y enredaderas, muslísimos entrelazados, flacos y poderosos, muslos de titán y de modistillas famélicas, muslos, muslos, ciudades gigantescas de muslos, islas de muslos, un universo de muslos.

Elisa detuvo aquellas manos trepadoras, escapó del poeta y rodeó la fuentecilla.

—Te imagino como una isla llena de rumores, de músicas melodiosas.

—Esa isla es de Shakespeare —dijo Gustavo Adolfo y

alcanzó el cuello de Elisa y la nuca y un pequeño lunar en el escote.

—Un echarpe de besos —dijo ella escabulléndose de nuevo—. Tía Úrsula nos verá.

—Entonces, Miranda, naufraguemos para siempre en la isla de *La Tempestad*.

—De ninguna manera; prefiero la realidad, me espantan los Calibanes y las criaturas aladas.

—Me iré bebiendo los vientos y regresaré antes de que tu pulso haya latido dos veces.

—Dime por qué te irás bebiendo los vientos.

—Soy un poeta sin futuro, apenas tengo consistencia real y vuelo de rama en rama como Ariel. Es mejor que te acostumbres a pasar de puntillas por esta isla de rumores extraños.

—Me asustas, Gustavo. ¿Por qué no puedes ser poeta y también un poco de carne y hueso?

—Miranda cobarde, Gongorilla de tres al cuarto, sólo en sueños te podrás casar conmigo, ¿no te das cuenta?

—¡Dime primero por qué te irás bebiendo los vientos!

Gustavo Adolfo abrazó a Elisa y la besó como un temporal que arranca árboles y desborda ríos, mientras los estorninos estornudaban y los nomeolvides perdían la memoria.

—Me iré bebiendo los vientos porque tu padre me negará, no tres veces, sino cientos de veces. No tengo donde caerme muerto, Gongorilla, y este amor nuestro se desvanecerá en el aire como las palabras de humo.

—Yo escribiré este amor con palabras de fuego.

—¿Tú, Elisa? ¿Escribirás este amor?

—Lo escribiré, Gustavo, este amor es mío, me pertenece.

—¿Lo escribirás en la superficie del mar, Elisa? ¿En los crepúsculos? ¿Lo tatuarás en tu piel blanca que un día será polvo?

—Lo escribiré en mis cuadernos de nácar —dijo con determinación Elisa y le dio un beso fugaz de despedida.

Y así pasaba Elisa los días entre la biblioteca familiar y los encuentros con el poeta por los vericuetos de la ciudad. Recitaban a coro a Petrarca y entraban a las confiterías, donde Elisa compraba merengues porque lo veía con cara de hambre. Úrsula, cada vez más nerviosa, vigilaba la retirada de los furtivos con aire de alabardero de mil ojos apostado en las puertas. Tía Úrsula sentía que todo Madrid era un hervidero de lenguas viperinas. Sabía que tarde o temprano pasaría lo peor.

Y así fue. Teodoro del Castillo no le recriminó a su cuñada los paseos por los parques, las incursiones en los cafés, las veladas cantantes en casas respetables, los recorridos por los atrios de las iglesias apartadas, ni los pretextos de visitas a las mujeres descarriadas de San Bernardino, a las monjas hilanderas o a los santos confesores. Del Castillo lo soltó de golpe, como para cortar de cuajo todo lo demás, lo soltó por la espalda, un tiro en la boca en medio del almuerzo, con todos los hermanos presentes, con la doncella sirviendo el cocido, ¿quieres más rellenitos, Úrsula?, preguntaba doña Clara, y de pronto aquella calamidad, una espada cayendo desde el cielo, el estante de los libros más pesados desplomándose sobre una mariposa, Elisa a punto de ahogarse con un fideo asesino, largo como la soga de un suicida. Retumbó la voz de la autoridad:

—Los Casalduero tienen intención de casar a su hijo Ricardito con Elisa. Por lo que a mí respecta, la boda es cosa hecha. Esta niña lleva ya mucho mundo corrido y alguien tendrá que pararle los pies.

Hablaba Teodoro del Castillo como si Elisa no estuviera delante o fuera transparente, inexistente, un ectoplasma, menos que nada.

La tatarabuela Elisa golpeó la mesa con la cuchara, se derrumbó la montañita de garbanzos que coronaba la fuente, rodaron algunos garbanzos por el mantel, a cámara lenta, aunque entonces no existía la cámara lenta, se hizo presente la hija de la casa, ¿cómo revolverse contra el padre?, ¿cómo gritarles a Octavio, Tiberio, Claudio y Marco Aurelio su cobardía, ya que ninguno había movido un músculo en su defensa?, la madre no contaba, un cero a la izquierda, aliada siempre con el poder, sólo tía Úrsula de su lado, a punto de protestar. Elisa se armó de valor:

—Que ni lo sueñen los Casalduero ni los Del Castillo. Ricardito es un relamido y un zangolotino, tiene por lo menos treinta años y no pienso casarme con él.

El padre hizo un signo en el aire semejante al que haría el dedo de Dios para zanjar un asunto, y prosiguió implacable:

—Zangolotino o no, es el hijo de nuestro abogado, va para diputado unionista con la bendición de O'Donnell y ha heredado las fincas de su abuelo. Así que vendrá a hablar contigo en los próximos días y acto seguido te pedirán los Casalduero con un tresillo de brillantes de muchos quilates. Ya está todo arreglado. La boda se celebrará a primeros de julio, porque a Ricardo lo mandan del bufete a resolver unos contratos con nuestros socios de Suiza. Tendrá que pasar allí el verano. Y de rebote, Elisa, visitas a los Grançy en el viaje de novios. Hasta entonces no quiero escuchar más tonterías.

—¿Un tresillo? —preguntó doña Clara, siempre en babia—. A mí me parecería mucho menos ostentoso un *tú y yo*.

Teodoro del Castillo se armó de paciencia:

—Por lo visto, es una pieza muy valiosa que perteneció a la abuela Gertrudis de Casalduero, y en Ginebra, Ricardo encargará un brazalete de diamantes a un joyero de confianza.

—Será judío. Los joyeros de confianza siempre son judíos.

—Eso no es asunto nuestro, Clara.

—A decir verdad —volvió a la carga, doña Clara—, todo esto es un poco precipitado. No sé que dirá mi confesor.

—Tu confesor puede decir misa. No voy a esperar con los brazos cruzados viendo como mi única hija se tira al monte.

—No dramatices, Teodoro.

Elisa fulminó a su padre con la mirada.

—Una boda por todo lo alto, sin perder tiempo, y se terminaron las excursiones por Madrid.

—Pero yo estoy enamorada de un poeta sevillano, padre.

Casalduero pidió berza con gesto apacible.

—Anteriormente era un tenor de la Zarzuela, Elisa. Tienes el corazón de mantequilla. Cuanto antes sientes la cabeza, mejor. No me gustan los poetastros de medio pelo, así que te vas a enamorar de quien yo mande.

A Elisa y a tía Úrsula se les saltaron las lágrimas.

—El señor Bécquer es un gran lírico, Teodoro —terció tía Úrsula.

—El señor Bécquer es un tunante, que frecuenta las veladas musicales de Espín y Guillén y todo Madrid sabe que pierde el aliento por una de sus hijas, la que quiere ser cantante. Joaquín Espín no permitirá que ese galanteo siga adelante, y mucho menos voy a consentir yo que Elisa del Castillo se case con un plumilla a salto de mata de *La Época*, con un hermano pintor que vive amancebado con una irlandesa.

Lo peor de todo, lo que más le carcomía a Elisa por

dentro, era la mención del flirteo de Gustavo Adolfo con Julia Espín. Hubiera querido tachar aquel almuerzo con un lápiz de carboncillo. Era demasiado joven para empezar a morirse, pero ya veía un destino de enterrada en vida.

Su hermano Claudio, a solas, prometió a Elisa partirle la cara al poeta si andaba jugando a dos barajas. Tía Úrsula se mostró comprensiva, que no hiciera caso, la gente era muy mala. Elisa tuvo valor para ir con Altagracia a la fiesta de Lucrecia Montemayor y escuchar al barítono invitado gorjeando unas romanzas muy tristes. Se llamaba Bruno Cavalcanti y era italiano y soltero y tenía las pestañas desfallecidas y, en los descansos del sarao, todas las señoritas madrileñas armaban un alboroto ensordecedor al agrandar mucho las pupilas, mover los tirabuzones y contarle al italiano esto y lo de más allá. Elisa bebió tanto ponche que tuvo que hacer un esfuerzo para no gritar mil veces el nombre de Gustavo Adolfo.

Rechazó la berlina de unos amigos, aduciendo que vivía a un paso, y cuando caminaba sola hacia casa, unos labios que no callaban nunca, bajo el ala de un sombrero, le salieron al encuentro. Esta vez Elisa se encogió por dentro y no tuvo ganas de sonreír. Se sentía zarandeada por la vida y buscaba un pretexto para odiar a aquel espectro, aparecido en la niebla.

—¿Ya te has olvidado de mí? —preguntó él—. ¿Me has cambiado por Cavalcanti?

Elisa no contestó y aceleró el paso, pero dobló por el callejón equivocado, exactamente por el callejón más oscuro de la noche oscura. Gustavo Adolfo aprovechó para rodear con su brazo la capelina de París o de Londres o de San Sebastián, elegante, en cualquier caso.

—Tu pupila es azul y, cuando ríes...

Elisa cubrió con su mano aquella boca y miró al furtivo con el ojo derecho lleno de furia. Para compensar, el ojo izquierdo estaba lleno de amor, y en cualquier caso los dos ojos, que no eran azules sino verdes, parecían a punto de desbordarse en un diluvio de lágrimas.

—Eso se lo dices a todas, poeta, aunque tengan las pupilas de musgo fangoso o negras retintas.

—*Porque son, niña, tus ojos*
verdes como el mar, te quejas...

—Yo no me quejo, pero estoy harta de pupilas y de crepúsculos; estoy harta de tu locuacidad y de tus rimas; harta de hablar y hablar y de no ser de carne; harta de los Del Castillo y de los Casalduero, de los Montesco y de los Capuletos. Estoy cansada de palabras, Gustavo.

—Haces que me muera de amor —dijo él.

Y sobrevino el silencio gracias a una boca robada y al trasiego de unas lenguas de fuego, y gracias a una pared contra la que Gustavo Adolfo presionó suavemente a Elisa para morirse de amor en sus labios.

—Ahora dime que te sientes arrastrado por mis ojos —pidió ella.

Él alzó sus hombros de poeta escuálido.

—Pero adónde me arrastran, no lo sé.

Elisa arregló su capelina, aspiró el aire de la noche y lloró muy quedito.

—Nunca recordarás mi nombre —dijo con tristeza.

—Pero si escribo mis rimas pensando en ti, niña.

—No soy ninguna niña, y andan diciendo que dedicas tus rimas a Julia Espín.

El caballero de la triste figura se retorció el bigotillo y protestó.

—Julia Espín pica más alto porque ha cantado ante la Reina y es demasiado soberbia para este pobre mortal que malvive en una casa de patrona. Julita quiere ser una diosa en la Scala de Milán y anda diciendo a los cuatro vientos que soy un paria y un desharrapado. La

Espín no se merece mis rimas. Mi única musa eres tú, Elisa. Yo sé que tú te casarías conmigo ahora mismo, me pasarías a limpio los versos, me harías rosquillas de anís y me cuidarías los catarros. Pero tu padre me metería una bala en el corazón y te dejaría viuda y desconsolada, y nuestros enemigos te arrancarían la lengua y los ojos para que no hablases del estruendo de nuestra pasión, y te cortarían las manos y así con muñones no podrías escribir nuestro amor con caligrafía de colegio suizo, y acabarías tus días en un convento muda y ciega y manca, tratando de sujetar la pluma con los pies, como esos artistas raros que pintan con el dedo gordo.

—¿Piensas en mí cuando no estás conmigo? —preguntó Elisa, cabizbaja.

Él se llevó la mano al corazón como un galán de cuadro antiguo.

—Pienso en ti en los invisibles átomos del aire, y en el batir de alas, y en las nubes de Occidente, pienso en ti todo el tiempo, querida Lucinda, Josefina, Beatrice, Violeta, Saskia, María Inés, Gabriela, Leonora, Leopoldina, Teresa, Julia, Adriana, Blanca Flor...

—¿Lo ves? Ya has olvidado mi nombre.

—Tú eres la única Elisa de Gustavo Adolfo, y la posteridad se armará un lío con todas las mujeres de mi vida y todas se llamarán Elisa, y saldrán poetas que plagiarán mi estilo y escribirán versos apócrifos a otras Elisas y dirán que Elisa tenía los ojos marítimos, los ojos azabache, los ojos de lluvia, los ojos lapislázuli.

—¿Por qué haces tanto ruido al andar?

—Porque me bailan los botines, amor.

—¿Te vienen grandes los botines?

—Son de segunda mano, Elisa, los he heredado de un amigo que tiene unos pies de gigante. Despierta del dulcísimo sueño, azucena tronchada, abre los ojos y posa los pies en el barrizal. ¿No te das cuenta de que existen ricos y muertos de hambre, y de que los Teodoro del Castillo no permitirán que los vagabundos y las damitas viajemos juntos en los mismos vagones del tren?

Entonces ella adivinó que nunca dormirían en la misma cama a pierna suelta y con las ventanas abiertas, que nunca tendrían un palomar en la azotea, ni cazarían insectos por el verano ni viajarían a Estocolmo ni a Roma, a ver si todavía colgaban de los altares del Vaticano los encajes de oro de la bisabuela Ernestina. En ese momento todo el peso de siglos y galaxias se le cayó encima y habló como una autómata.

—Mi padre quiere casarme con el abogado Casalduero, hijo del letrado Casalduero, nieto del Presidente de la Audiencia Casalduero, bisnieto del magistrado Casalduero, tal vez tataranieto del juez Casalduero.

Gustavo Adolfo acusó el golpe. Vio que era pobre como un ratón de campo, que tosía como un hospiciano, que nada podría hacer para lograr a la hija de zafiros y estrellas de Teodoro del Castillo, él únicamente era el heredero de unas botas viejas y unas cuantas palabras sin valor. Y entonces murmuró en voz baja: leve bruma, azules campanillas, palpitante seno, cuna de nácar, atmósfera abrasada, húmedo fuego, y se quedó sin fuerzas y habló con una ronquera de invierno y miró a su amada como si no la viera, como si fuera una desconocida con un sombrerito de plumas y una capelina de París, de Londres o de San Sebastián.

—No podré batallar contra esa negra estirpe de individuos con toga. Nunca he sabido luchar contra los cuervos.

Elisa pensó que aquello era el final, pero no dijo nada. Doblaron una esquina peligrosa, ya cerca de su casa, y él dijo:

—Dime las palabras más hermosas que se te ocurran ahora mismo.

Y Elisa pronunció en un sueño: nomeolvides, tempestades, violín, temblor, y casi arrancándose de Gustavo que había vuelto a rodearla con sus brazos, tartamudeó entre pucheros: ebriedad, delirio, eternidad.

Él limpió con un pañuelo recién planchado por la patrona una lágrima de Elisa y masculló con aquella voz ronca, hablando para sí: maldita suerte la mía.

Pero Elisa no lo oyó y echó a correr hacia el portal de su casa, lanzando al poeta un beso de humo que se perdió en la noche.

4

Yo corro tras las ninfas
que, en la corriente fresca
del cristalino arroyo,
desnudas juguetean.

Elisa miró su cuaderno de nácar y contempló a Gustavo Adolfo ahogándose en las lianas marítimas de las líneas, Gustavo Adolfo pálido, braceaba entre las frases violetas y se abrazaba como podía a los peces sentenciados y a las aves de alas rotas que también se hundían en las páginas de Elisa.

Y vio que ella misma iba a empujar al abismo al poeta si aceptaba la boda con Casalduero. Y también vio que el sevillano, con ella o sin ella, seguiría cazando ninfas por las calles de Madrid. Mordería otros senos. Cruzaría el umbral de otros cuerpos. Buscaría todos los días nuevos muslos, nuevos temblores. Por qué unos hombres siempre están huyendo de una mujer concreta para recordarla en la distancia, y por qué otros necesitan a una mujer para quedarse a su lado y olvidarse de ella, se preguntaba Elisa. De pronto decidía escaparse con él.

Y al minuto siguiente, pensaba que Gustavo Adolfo se perdería con otra ninfa y después con otra y más tarde con otra. Demasiadas ninfas.

No era el hombre adecuado para una chica decente. Pero ¿quería Elisa ser una chica decente? Ser faquir en la India, y maderera en los bosques de Canadá, y cantante en Viena, y mujer de mundo en París, y monja perfumista en Florencia, y buscadora de oro en Texas, y escritora callejera de cartas en un mercado oriental: querido padre, vendo golondrinas y petirrojos y halcones y águilas, y también boas, pitones y cobras y anacondas; al dueño de la tienda lo mordió una víbora y ahora la viuda del pajarero, que es joven y hermosa con dientes pequeños, blancos y punzantes, me hace minúsculas mordeduras en el cuello cada noche para que no la deje sola en este bazar tan peligroso en el que hay que andar siempre con un machete. Eso le gustaría, escribir la carta de ese vendedor de aves y ofidios en un mercado de la Conchinchina, tendré que aprender nombres de pájaros, pensó, calandria, cacatúa, colibrí, ave del Paraíso, buitre, cardenal, verderón, jilguero, canario. ¿Para qué quería ella ser una chica decente?

Mientas la familia esperaba a que Elisa diera el visto bueno a la visita de Ricardito Casalduero, ella seguía encerrada a cal y canto en su habitación y decía que le estallaba la cabeza. Sólo consentía salir del cuarto para las comidas y no pronunciaba ni media palabra. En el balcón de su dormitorio se adormecía pensando en gaviotas ciegas y en un mar agitado bajo un cielo de plomo. También escribía lo que pasaba por su cabeza en estos cuadernos con tapas de nácar y candado de oro, que a veces me deja ver mi madre. Aunque me escamotea uno de ellos, el que esconde, seguro, el secreto de la misteriosa muerte de la tatarabuela Elisa.

Yo voy leyendo estas páginas con el corazón encogido, como si me hubiera metido en un cuento, y avasallo a mi madre por ver si desato la maraña. ¿Tú crees que se quisieron siempre? ¿Se acostaron alguna vez? ¿Tú sabes si se casa con Casalduero? ¿Por qué no pudo la tatarabuela fugarse con el poeta? Y mi madre, un día, se tumba a mi lado en la cama, se ríe de mi pijama de ositos, el que más me gusta (el que más odiaría Alberto Mendoza de verme como chuponcilla cagona y no como Barbie supersexy con un picardías de encaje transparente), y me dice que pronto sabré que la muerte de Elisa fue triste y hermosa. ¿Pero cuándo? ¿Cuándo lo sabré? Pronto, dice mi madre.

Y en aquel encierro Elisa se preguntaba dónde estaba la risa como espuma, y dónde las amapolas y dónde los dorados soles de los días felices. Decía que le dolían las uñas de piedra y los dedos sin nervios, crispados como escarpias, y el mausoleo de su carne, y la ensangrentada lengua y el cilicio de la cintura. A veces se dormía y luego sentía cascos de caballos fúnebres y se quedaba sin resuello y veía orquídeas muertas sobre su cuerpo. También soñaba con ahorcados sin ojos, y sacerdotes con úlceras y sotanas mugrientas, descendiendo por una colina de fuego hacia el infierno. La tía Úrsula pasaba algunos ratos junto a ella, borda que te borda el ajuar de Elisa, y a veces le pedía que le leyese lo que estaba escribiendo.

—Se me clavan en la carne pedazos microscópicos de cristal y me desangro de a poquito. Un día, tía Úrsula, Casalduero verá sólo jirones de mi piel y el reguero de sangre llamará a los buitres que vendrán a devorar lo que quede de mí. Eso escribo.

—Ésas son palabras malditas, Elisa, están llenas de veneno. Te haces daño y te casarán de todos modos con Ricardo Casalduero.

—Antes muerta.

—No digas esas cosas, Elisa.

—Antes despeñada por un acantilado de Gales y sin paraguas.

Tía Úrsula ponía los ojos redondos.

—¡Jesús!

—Antes caminar descalza sobre un campo de erizos con las plantas de los pies desolladas.

—¡Qué exageración! Y además, ¿a ti te ha hablado en serio Gustavo Adolfo?

—Me ha dicho que soy la violeta de Osira y que tengo la flexibilidad de los juncos del Ganges. Y cuando me mira, cuando me mira Gustavo Adolfo, ve esmeraldas ardientes en mis ojos. ¿Tú crees, tía Úrsula, que Casalduero va a ver esmeraldas ardientes en mis ojos?

—No lo creo, Elisa. Pero de compromiso, ¿te ha hablado el poeta de compromiso?

—Me llama Siannah y perla de Ormuz y dice que en la tormentosa noche me ve brillar.

—Embaucos de miel.

—Pues bien que me pides embaucos de miel cuando tienes un alacrán en el vientre y te falta el aire para respirar, tía Úrsula.

Inundada por una súbita sensación de desdicha tía Úrsula se preguntó si debía decir la verdad a su sobrina. Se tendría que enterar tarde o temprano, así que lo soltó:

—Más vale que lo sepas, Elisa, Gustavo Adolfo sigue visitando la casa de Julita Espín.

—Mentira.

—En todo Madrid se sabe que hace unos días escribió en el álbum de las Espín una dedicatoria de enamorado.

—Dime qué escribió.

Úrsula dudó, pero ya no podía volverse atrás.

—Despierta, tiemblo al mirarte...

Elisa se quedó translúcida y sin huesos, parecía una medusa varada, agonizando entre las algas de una playa desierta.

—¿Y qué más, qué más escribió? —exigió Elisa—. Sigue tía Úrsula, no temas por mí, suelta esas palabras que estallarán en un pecho de hierro.

Úrsula recitó en voz baja:

—*Despierta tiemblo al mirarte;*
dormida me atrevo a verte;
por eso, alma de mi alma,
yo velo mientras tu duermes.

—¡Que vuele sobre él una bestia carroñera y le arranque las entrañas!

Y entonces Elisa cerró los puños y cerró los ojos y seguramente también cerró la boca y el corazón y dejó de respirar y sus nervios se encogieron y el cuerpo se le arrugó hasta convertirse en gusarapo y quiso dar alaridos y no pudo gritar. Se quedó empequeñecida en el sillón de mimbre del balcón, la medusa resecada por mil soles, una mano sin brazo olvidada en el frasco de cristal de un laboratorio, un feto sin futuro, dando marcha atrás en el tiempo hasta encerrarse en un útero de cristal del que no pensaba salir nunca.

Tía Úrsula dejó la labor sobre el regazo y la contempló con ojos tristes. Creo que las manos de Elisa se volvieron de hielo y se le tensó la mandíbula y durante un momento tembló toda. Después perdió la noción del tiempo, empezó a sudar, se puso blanca como el mármol y se derrumbó sobre la alfombra. Tía Úrsula no tuvo tiempo de avisar a nadie; se arrodilló para dar aire a su sobrina y en ese mismo instante Elisa se incorporó, y su forma de erguirse fue la de los muñecos hinchables de las ferias, recobró el color, se puso en el ojal de la blusa una rosa del pequeño ramillete del tocador, se pinchó con una espina, se chupó el dedo (pensó, ojalá me muera por culpa de una rosa, sería de lo más poético) y dijo con firmeza:

—Dile a papá que Ricardito Casalduero puede venir a declararse mañana mismo.

Nadie supo por qué, pero al día siguiente Elisa estaba afónica. Era una de esas afonías que estrangulan la garganta y no dejan brotar una sola palabra. Al final de la mañana Elisa movía los labios como un ventrílocuo, pero de su garganta no salía ni un hilillo de voz. La cita con Casalduero tendría lugar por la tarde, a la hora de la merienda. Teodoro del Castillo había decidido que el pretendiente podría estar a solas con la niña en un breve paseo por los jardines del Buen Retiro, cercanos a la casa, y más tarde ambos tomarían el chocolate en familia y el novio confirmaría al padre sus intenciones.

Elisa pasó toda la mañana con gesto de potro acorralado. En el fondo de su corazón quería gemir y lanzar frases grandilocuentes hablando de la injusticia de las bodas amañadas y de los señoritos ambiciosos que siguen medrando y medrando con sus espositas ricas y asustadizas, a las que atan con una cadena de oro a la pata de la cama. Quería convertirse en una arpía y escupir y gruñir y echar a correr entre los bisontes, desnuda, dando alaridos para que el mundo la dejase de lado, para que entre la lluvia, en pleno monte, se le apareciese Gustavo Adolfo, a la intemperie los dos, lobos esteparios, borrando las huellas, arrastrando tras de sí los insultos de todos los antepasados de los Del Castillo, las dentelladas de la negra estirpe togada de los Casalduero.

Por suerte, la oportuna afonía de Elisa impedía que su desolación se volviese quejas y lamentos. Estaba muda y parecía domada. Doña Clara ofreció el rosario y prendió todas las velas de los Jerónimos para que su hija recobrara la voz a la hora de dar el Sí.

Pero ni el rosario, ni el fulgor de la iglesia iluminada,

ni los jarabes calientes ni los gargarismos tuvieron ningún efecto. Octavio sugirió que se suspendiese la velada, Tiberio recomendó que Elisa llevara un cuaderno para responder por escrito a los requiebros de Casalduero, a Marco Aurelio se le ocurrió que podían declararse por gestos, como en las charadas y también como esos novios sordomudos que van por las calles gesticulantes y tristes. Claudio no dijo nada porque no quería enfadar a su hermana. Teodoro del Castillo fue tajante:

—Para pasear con Ricardo Casalduero por el Buen Retiro no necesitas decir ni pío. Si no te sale la voz, mejor que mejor. Él hablará y tú asentirás con el gesto de los que dicen a todo amén. Para eso están los hombres, para hablar, y las mujeres para escuchar, mostrarse de acuerdo, y hacer más tarde lo que les dé la gana. Una vez casada, es cosa tuya. Pero cuando Casalduero se te declare, tú dices que sí con la cabeza y *tutti contenti*. Te piden formalmente dentro de dos semanas, os casáis después de un mes de noviazgo y asunto concluido.

Ricardito Casalduero no era hombre de muchas palabras, así que pasearon por las alamedas del Retiro callados y de vez en cuando él estiraba el cuello y hacía un comentario trivial con mucha solemnidad. Elisa pensó que no iba a ser de los que se hincan rodilla en tierra y abren los brazos y ofrecen un prado colmado de flores o las pirámides de Egipto.

Estaba a punto de descubrir la terrible verdad: Casalduero tenía infinita aversión a todas las expresiones románticas. Él mismo se lo advirtió a Elisa.

—Hay ciertas palabras, Elisa, para las que no estoy preparado, y considero que los arrebatos emocionales no son propios de caballeros. Soy un hombre de hechos, Elisa, y con el tiempo te darás cuenta de que son más eficaces los hechos que la verborrea.

En su afonía, ella pensó: no te quiero; no te quiero ni

nunca te querré porque tú nunca me querrás. Entrarás en mi cuerpo pero nunca seré tuya, no seré tuya ni de nadie. Amaré a nuestros hijos, si los tenemos, porque van a ser mis hijos, hijos de mi cuerpo y de mis sueños. No podré amarte, no sabré amarte, Casalduero, porque amo a otro.

Él interpretó su silencio como una prueba de amor y se atrevió a caminar con ella del brazo.

Elisa pensó que su futuro marido la tomaba del brazo con el cuidado, y ese poco de miedo al contagio con que se sostiene a una tía moribunda a punto de romperse en mil pedazos.

Después de cruzarse con los señores de Puga y con el banquero De los Ríos a quien acompañaba la marquesa de Fuente Medina, y después del ir y venir de chisteras, Casalduero explicaba:

—Mariano Puga es farmacéutico de la Real Botica, un hombre de principios.

Elisa asentía simulando interés.

—De los Ríos es un adulador y la marquesa le aguanta porque necesita crédito para sus fincas de Salamanca. Por cierto, no sabía que conocieras a la marquesa... El marqués hace la vista gorda, deja que De los Ríos entretenga a Natalia Fuente Medina y él se dedica a sus estudios sobre los etruscos.

A Elisa no le importaban las relaciones mundanas entre los Ríos y las Fuentes, ni el olfateo de las clases sociales para reconocerse entre sí; mira Elisa, es Gasparini, el embajador jubilado que se ha venido a vivir a Madrid, y aquel de la cabeza noble es Pérez Domenech, dicen que se arruinó con la pérdida de las posesiones en Perú, y aquella dama joven...

Casalduero hilaba y deshilaba las tramas de la ciudad. Le habló a Elisa de militares, archiveros, diputados, notarios, cirujanos, marinos, ancianas de fortuna, sacerdotes, caballeros anticlericales, acaso implicados en la matanza de frailes del 34, carlistas, constitucionalistas, juristas, diputados. Vieron a un protegido del marqués de Corvera, a un pariente del Ministro Fernández Negrete, a la hija de un cacique habanero y hasta a una vedette arrebatadora que saludó a Ricardito con un guiño descarado que le hizo enrojecer hasta las orejas.

—Es Norma de Poitou, una cantante de París. Seguramente has visto su retrato en los carteles del Teatro de Variedades.

Le vino a la cabeza su retrato: cintura de avispa y tetas altivas, chinelas de charol rojo infierno, pintados los labios entreabiertos del mismo tono infernal, túnica de purpurina, cejas finas y asombradas, dibujadas como rabitos de cereza; una rubia de armas tomar. Se acordaba bien porque tía Úrsula le dijo en una ocasión: fíjate en esa túnica de purpurina, Elisa, y no olvides nunca ese nombre de aventurera. No sabía la tatarabuela que Norma de Poitou volvería a aparecer en su vida, de modo que le dijo a Casalduero que le sonaba vagamente la cantante y le lanzó una mirada interrogativa, momento que aprovechó él para conducir a Elisa a un banco apartado. Allí Casalduero tomó el guante de la señorita Del Castillo y le dijo que él pensaba que era la joven más encantadora de Madrid, que tal vez él no la mereciera pero que iba a tratar de hacerla feliz.

La palabra *feliz* pilló desprevenida a Elisa y miró a los ojos a Casalduero. Los ojos de Ricardito, apuntó unas horas mas tarde Elisa en su diario, tenían el color gris de un lago aburrido. Los comparó con los de Gustavo Adolfo y pensó que los de Gustavo Adolfo eran turbios como el carbón encendido, turbios como la lava negra que presagia bocanadas de fuego y temblores de tierra y pueblos sepultados bajo las cenizas. Felicidad, ésa no era una palabra que le cuadrase al poeta. Tormento, sí, pasión, demencia, fiebre. En cambio Ricardito Casalduero quería hacerla feliz.

Se preguntó cómo sería la felicidad. Pensó en el lago Leman. Allí nunca pasaba nada, allí no zozobraban los barcos, ni se levantaban tempestades, no había náufragos ni peces feroces que arrancan piernas y dejan los muslos desgarrados. Ay, los muslos. Los ojos de Casalduero eran sosegados como el lago Leman. Tranquilos, ausentes y apagados. Eso era lo malo. En aquellos ojos no había enciclopedias, ni bosques frondosos, ni cascadas, ni Ariadna perdiendo el hilo, ni misterios, ni clamores, ni metáforas, ni cúpulas, ni céfiros, ni vértigos, ni Góngora, ni espesuras. Nada, no había absolutamente nada. Eran unos ojos ojos, ojos sin floresta, sin escarcha, sin líquenes, sin sombras, sin heliotropos, sin rastro de moho, sin bilis, sin amargura, sin gases, sin fauna, ojos muertos, ojos irritantes de tan vacíos, ojos sin nada de nada. Al mirarlos, tan huecos, tan silenciosos, tan grises, a Elisa le entraba sueño. ¿Sería así la felicidad que le ofrecía Casalduero?

Cuando Ricardito le preguntó a Elisa si estaba dispuesta a casarse con él, ella alzó los hombros y con una brizna de voz que salió como por arte de magia de su garganta muda, respondió: es el deseo de mi padre. El pretendiente no tuvo interés en saber si casarse con él era también el deseo de Elisa. Los Casalduero no hacían preguntas que pudieran obtener una negativa.

Siguen sin hacerlo, porque mi madre, Laura Casalduero, tataranieta de Ricardo Casalduero y Elisa del Castillo, dice que prefiere convencer a sugerir, por eso me esconde los cuadernos de nácar bajo tierra, y me los deja descifrar poco a poco, para que mi imaginación no se excite, para que mis nervios no se aturdan con las historias románticas de la tatarabuela.

Y a propósito de romanticismo, aquel Casalduero

que se casó con Elisa no iba a pronunciar la palabra amor en toda su vida. Hay venas por las que palpitan expresiones como te quiero, *I love you*, *Je t'aime*, y esos murmullos de caña de azúcar corren por todo el cuerpo deseando encontrar un modo de salir y cuando por fin se acercan a la boca brotan a la vez que los violines de una orquesta cíngara, y algunos hombres y algunas mujeres dicen: qué delicia este bolero, este reloj no marques las horas, qué delicia te recuerdo como eras en el último otoño, Neruda, qué delicia, qué encantador *love me tender*, los Beatles, Violeta de *La Traviata*, con esas ojeras desesperadas, Alejandro Sanz, corazón partío, todas las canciones de amor de la historia, todas las antologías de las mejores poesías sentimentales en todas las lenguas, llámame sólo amor, y me bautizaré de nuevo, amor: mi estación, lo dijo Sylvia Plath en un libro que le he quitado a mi madre. Hay venas por las que corre a ratos esa dicha de las palabras apasionadas, y hay otras venas en tinieblas, mudas, con la sangre silenciosa, con el miedo en la punta de la lengua, mejor no exponerse a decir *I love you*, te quiero, amor, *Je t'aime*, qué pesadez, los boleros, qué espanto el corazón partío, mejor no decir nada, piensan algunos hombres, ¿para qué hay que decir nada?, ya se sabe ¿no?, esas cosas se saben, es muy fastidioso que las mujeres te pregunten cien veces si las amas. ¿Me quieres?, preguntan, y a los cinco segundos vuelven a preguntar: ¿me quieres?; hace un mes que no me lo has dicho, hace dos siglos, quince minutos, hace una milésima de segundo que no me dices que me amas. Hay venas de caña de azúcar en las que flotan palabras de fiebre y venas que no tienen sabor ni temperatura y prefieren el silencio.

Las venas de Casalduero eran del segundo tipo. Cuando se declaró en el banco del Retiro, a Ricardo no le preocupó que Elisa se fuera a casar con él porque era el deseo de Teodoro del Castillo. Aunque a decir verdad Elisa accedió a casarse con Casalduero porque quiso probar a qué sabía la felicidad. En aquel momento tuvo que elegir entre la calma y el amor a dentelladas.

Y decidió quedarse con las dos cosas. Y tal vez esa idea, la de tener una vida normal con Ricardito y no perder a Gustavo Adolfo, le ayudó a recuperar una brizna de voz: es el deseo de mi padre, dijo. Fue entonces cuando Ricardo Casalduero posó su boca en la de ella y Elisa sintió que le habían humedecido los labios con copos de nieve.

En sus oídos resonaban las palabras del poeta: *Tú eres mi Siannah, hermosa entre las hermosas, violeta de Osira, y me seguirás por esas regiones desconocidas de las que ningún viajero vuelve.*

5

Alguna vez la encuentro por el mundo,
y pasa junto a mí;
y pasa sonriéndose, y yo digo:
¿Cómo puede reír?

Una mañana borrascosa, dos meses después de su regreso del largo viaje de bodas, Elisa recibió un sobre sin remite con una nota que leyó a solas en su dormitorio y lanzó inmediatamente a las llamas de la chimenea.

Necesito verte. Necesito verte. Necesito verte. Necesito verte. Así diez o doce veces, Elisa no tuvo tiempo de contarlas, y al final, antes de la firma: Pensaba en ti cuando escribí «Tú y yo» en *El Álbum de Señoritas*. Te espero esta tarde en el último banco de la iglesia de San Fernando, en la calle del Mesón de Paredes. Misa de siete.

No leyó dos veces el mensaje, no quiso enredarse en la letra que conocía de sobra por los escritos que alguna vez habían revisado juntos.

Era la primera vez que recibía una carta de Gustavo Adolfo. La campanilla había sonado a las doce y veinte y Tina, la doncella, describió al mensajero como un truhán obstinado como un mulo, con pinta de limpiabotas y cara tiznada que traía instrucciones de no dar el sobre a nadie más que a la mismísima señora Casalduero en persona. Elisa tuvo que salir al recibidor de servicio, despidió al muchacho con unas monedas y advirtió a Tina y a la cocinera que se trataba de asuntos muy delicados del Asilo de San Bernardino y que mejor ni una palabra a nadie.

Tina era una chica recién aterrizada del pueblo que no entendía nada de las cosas que pasaban en la ciudad y Berta, la cocinera, bastante tenía con reinar en sus territorios, rallar el rábano para la dichosa salsa *radimsky* que se le resistía y rellenar con ciruelas y piñones el capón, macerado desde la noche anterior con vino de Borgoña y aguardiente. Para Tina y Berta aquella era una carta más de las muchas enviadas al hogar que acababan de estrenar los Casalduero. Elisa, sin embargo, había soñado con aquel sobre desde su regreso de Suiza, hacía ya dos meses.

Sabía que no debía esperar una carta prohibida; sabía que ni siquiera tenía derecho a recordar palabras de asedio que retumbaban amenazantes en su corazón, tambores de guerra, tambores golpeando su cabeza de chorlito, tambores atravesando las selvas y los ríos grandes y los arroyos, palabras-maremoto que arrasarían las defensas de su cuerpo, quebrando sus huesos, *olas gigantes que os rompéis bramando*, exigiendo su rendición incondicional; sabía que era su deber de recién casada resistir el zafarrancho de combate de un poeta emboscado, agitar el abanico como si nada, interpretar sonatinas al piano (ni demasiado bien, ni demasiado mal), visitar el Asilo de San Bernardino con la Junta de Damas Nobles, leer *El Álbum de Señoritas*, donde no hacía mucho él había publicado su última rima, y deslumbrar al mundo vestida de puntillas inmaculadas, toda refulgente como un lucero nuevo tiritando en una inmensa monotonía celeste.

Porque si para aquel entonces Gustavo Adolfo tenía fama de príncipe desharrapado de la poesía, la tatarabuela Elisa se había convertido en una esposa amnésica, pero reverberante: resplandecía el trío de estrellas en la mano pálida (había una imperceptible salpicadura de tinta en la punta del dedo anular, salpicadura que debería lavar enseguida para que Ricardo no adivinase que lloraba tinta por los poros, una tinta que dejaba huellas en los dedos blancos como gotas oscuras de sangre de un ánade al que han disparado en un lago helado); cegaba el brazalete de diamantes, finamente tallado con dibujos de flores en cascada y damero calado, así describió el joyero de Ginebra el esplendor que ahora lucía Elisa en la muñeca y así lo reseñó ella en su cuaderno de nácar (también anotó: con un solo rosetón de este brazalete, maldita cascada de luz, podría comer un poeta pobre varios meses); la plata era un puro chisporroteo, las rosas blancas enviadas desde las fincas estallaban en los floreros, ¿cristalinos?, ¿opalinos?, bruñidos, en cualquier caso, los delantales de Berta y Tina llamaban la atención, igual que las cofias almidonadas, los mármoles, la porcelana de Limoges; destellaban las peinetas de oro sobre el cabello rubio, el último aclarado con camomila cuando venía a casa la peinadora, un día sí y otro no; brillaban claros como uvas los ojos que ahora miraban inocentes y culpables a Ricardo Casalduero, nada de particular, no he tenido reunión de la Junta, después de la siesta tal vez salga con tía Úrsula, unos encajes en la calle del Carmen. ¿Estarás hasta tarde en el despacho? ¿A las diez? No olvides que hoy vienen tus padres a cenar, también están citados a las diez.

La carta de Gustavo, apenas unas líneas, había sido reducida a cenizas en un segundo. Elisa se dijo que no acudiría a la llamada del poeta, pero las palabras se escribían solas en el aire, transparentes y temblorosas como libélulas.

Necesito verte. Necesito verte. Necesito verte. Así, montones de veces. Te espero esta tarde. Te espero esta tarde. Esta tarde, esta tarde, esta tarde. Mesón de Paredes. Mesón de Paredes. Misa de siete. Misa de siete. A las siete, a las siete.

Sintió los pies helados y el pecho hirviendo, las manos rígidas como garras y el corazón de algodón azucarado de las verbenas, la mandíbula de plomo y la lengua de escarcha. Se quiso morir, pero la sangre corría caudalosa por su cuerpo. Desde las piernas le llegaban los violines de un vals de Strauss y en su cerebro se alzaba un guirigay de voces que prohibían, amenazaban, advertían, condenaban.

Iría a buscar a tía Úrsula, tenían que detener a aquel lírico desbordado, ella era una buena esposa, una esposa sin alas a punto de romper a picotazos una jaula gigante de cristal, con escalerillas, jardines colgantes en la cúpula sur, juguetes para aves de lujo, bebederos de champán, ventanas impracticables, puertas blindadas y un columpio francamente bonito.

Tía Úrsula vio llegar a Elisa con ojos de gata acorralada y supo que habían empezado los problemas. Doña Clara se arreglaba el velo y buscaba el misal, daba instrucciones a Josefa, besó a su hija sin reparar en el incendio del colorete, tenía una cita con el confesor. Confesión general, Elisita, te vendría divinamente. ¿Por qué habrás salido tan tibia?, pero preguntaba para sí misma, acostumbrada a vivir en el limbo, sin que nadie le hiciera mucho caso.

Tía Úrsula no quería mirar a su sobrina. Leía en ella como en un libro, sabía que el poeta tenía algo que ver con la tensión de los dedos de Elisa, con el temblor de los rizos y con la excitada propuesta de los recados urgentes a los que tenía que acompañarla. Doña Clara se despidió de su hija, naturalmente acudirían a misa todos juntos el domingo, naturalmente, dijo Elisa, Ricardo está deseando veros.

—¿Le gustará a Ricardo la liebre?

—Pues no lo sé —dudó Elisa, ansiosa por ver salir a su madre para quedarse a solas con tía Úrsula.

Doña Clara meció la cabeza.

—Pues si no le gusta la liebre, muslitos de pularda. Que yo sepa a los muslitos de pularda de esta casa nadie les ha puesto un pero.

—Estupendo —se impacientó Elisa.

—Pero de todas formas, lo comentas con Ricardo. Porque supón que tampoco le guste la pularda, ¿a ver qué hacemos?

—Le vuelve loco la pularda —improvisó Elisa—. ¿No tenías hora con el confesor?

—Salgo volando —trinó doña Clara.

—¿Vendrá a cenar Teodoro? —preguntó Úrsula.

Su hermana se arregló los alfileres del velo y pareció perder el aplomo.

—Tiene una de esas reuniones tan largas —dijo con un suspiro—. En fin, Dios dirá.

Doña Clara preguntó por su rosario de plata, besó a su hija y salió con la mirada un poco espantada, de hipnotizada o de mártir, como si ya estuviese delante de un crucifijo doliente y acabase de descubrir que la vida era como era, o sea, un valle de lágrimas, inútil hacer otra cosa que rezar, Santa María, gratia plena.

Elisa siguió a su tía al dormitorio y tuvo con ella una conversación entre susurros.

—Tengo que ir, tía, tengo que saber qué quiere.

—Quiere envenenarte, niña. No vamos a ir.

—Pero tía Úrsula, vamos a la iglesia de San Fernando, le digo que se olvide de mí, le expulso de mi vida, y asunto concluido.

Úrsula temblaba sólo de pensarlo porque sabía que el poeta destilaría litro y medio de bebedizo romántico, y aquel veneno era una aturdidera para su sobrina. Olfateaba ya el combate, imaginaba el alud de frases que pronunciaría el osado, o peor, tal vez le entregaría una carta, una carta inspirada y salvaje llena de invitaciones a ninguna parte. Sentía la mirada desesperada del sevillano, la rabia de tener que robar un amor que no era suyo, el resquemor de las tentativas inútiles. Porque ¿qué podía ofrecerle Gustavo Adolfo a su sobrina?, ¿las estrellas desde el ventanuco de un buhardillón?, ¿islas de abrazos que únicamente se alcanzaban en sueños?, ¿embriaguez y deseo y bocas ávidas, y luego la angustia de las noches ciegas y la vergüenza para siempre? Úrsula sintió el peligro en todas sus fibras, como si ella fuera Elisa y un amante prohibido la llamara a gritos.

Tía Úrsula recuperó la razón. Todo eso era poesía y demencia y además era pecado porque Elisa estaba casada, requetecasada.

—No iremos —decidió tía Úrsula—. Es una locura.

—Entonces iré sola.

—¿Sola? ¿Serías capaz de verte a solas con Gustavo Adolfo a los cinco meses de tu boda?

—Sí.

—Estás jugándote el matrimonio y la dignidad, Elisa.

—Sólo te pido que me acompañes a misa de siete. Nadie nos conoce en la calle del Mesón de Paredes.

—Madrid es un pañuelo, Elisita, y a tu Gustavo se le ve a la legua con esa manía de andar de capa y corbatón de escritor.

—Irá embozado.

—Estamos a punto de cometer pecado mortal y lo único que se te ocurre es imaginar un *atrezzo* de capa y espada, como en un drama de Zorrilla. Una doña Inés de tirabuzones y un Tenorio de chalina raída. Embozado, lo que nos faltaba.

—Y en todo caso seré yo quien cometa pecado mortal, tía Úrsula. Además, ya lo he cometido, de pensamiento.

—Y yo iré al infierno detrás de ti porque soy tu tía y te lo consiento todo.

—Anda, tía, y compramos unas tiras bordadas.

Úrsula suspiró:

—Vamos a sufrir, Elisa, vamos a sufrir las dos.

Todas las beatas de misa de siete tenían cara de dormidas. Todas llevaban velos negros, vestidos negros, abrigos negros y zapatos negros. Algunas mujeres se aferraban a las toquillas negras; otras lucían mantillas de encaje fúnebre y cintas de terciopelo al cuello con negros camafeos de azabache. Había pocos hombres. Elisa entornó los ojos para acostumbrarse a la oscuridad, porque la luz de las velas, más radiante en el altar, dejaba los últimos bancos en penumbra. Consiguió distinguir la espalda de Gustavo Adolfo, arrastró a tía Úrsula y se arrodilló a su lado sin mirarlo.

—Que Úrsula espere aquí —carraspeó él—, hay una botillería en el primer callejón, saliendo a la derecha.

—No iré —susurró Elisa—. Dime lo que me tengas que decir.

Gustavo Adolfo resopló.

—Me encontrarás en La Colonial. Si no vienes dentro de cinco minutos, me marcho.

Pero ¿por qué ese condenado de hombre era tan obstinado? Lo había sentido respirar a su lado, respiraba despacio y fuerte como una locomotora cansada entrando en la estación. Lo había olido, y lo imaginó blanco y huesudo, fumando en una cama de fonda. A Elisa le entraron ganas de salir corriendo y volver a casa. Pero también le entraron ganas de ir con Gustavo Adolfo al borde de un precipicio y bailar abrazada a él con los ojos vendados.

—Bueno —se impacientó tía Úrsula—, ve y vuelve en un santiamén. Si tardas, voy a buscarte.

Las negras mujeres dormidas que asistían a misa contestaban con desgana los latines del cura.

Elisa no sabía qué hacer.

—¿Crees que debo ir?

Tía Úrsula estaba envalentonada.

—Más vale que hables con él —musitó—. Dile que haga el favor de dejarte en paz.

En un rincón de la botillería, protegido por una mampara que separaba varias mesas con hombres jugando a las cartas, Gustavo Adolfo bebía vino y fumaba con dedos de pájaro. Elisa se sentó junto a él, después de doblar con cuidado el abrigo y el manguito de zorro. Los tafetanes de su vestido hicieron un frufrú elegante. El poeta parecía más ceniciento y enfermo que nunca. Elisa se preguntó si sería capaz de fugarse con él y se dijo que no, y luego se preguntó si le podría amar para siempre y se dijo que sí. Y el no y el sí se confundieron dentro de ella y sólo quedó espacio para una actitud hermética y un silencio frío.

—Ahora ya no te conozco Elisa. Te miro y ya no veo a Siannah, ni la frescura del manantial que me daba tanta sed de beberte y siento frío, como si vinieras de un mar helado en el fondo de la tierra. Se te han llenado los ojos de arena, Elisa, y estás ciega, porque no me ves, y sorda, porque no me escuchas; pareces una cabeza enterrada en el desierto, con los párpados del revés y los oídos taponados por la tierra y el cuerpo cercenado e inmóvil. Qué rara estás, Elisa, tan matrimoniada, tan rígida, tan anciana. ¿Cuántos años tenías? ¿Quince? ¿Dieciséis? Ahora tienes cien años, cien veces cien años, los años de tu madre y los años de tu abuela, y los años de todas las ancianas con los cuerpos sepultados en la tierra. ¿No te escuece la piel? A mí me estalla la carne de mirarte y me duelen los nervios, por eso es indispensable que te abrace y te explore como una geografía lejana. ¿Por qué retiras la mano como si yo fuera un leproso? ¿Tiemblas? No sabes si reír o llorar. No quieres beber conmigo, la señora de Casalduero no quiere beber con un leproso. No te asustes. Nadie nos oye. Están sordos. Están ciegos. Enterrados por la tormenta del desierto. ¿No ves como gritan las bocas hasta que ya no dicen nada?

Elisa sintió el paladar pastoso y arena entre los dientes y no le salían las palabras. Era como si las sílabas que iba a pronunciar se volvieran pompas y se rompieran en el aire sin cobrar formas definidas.

Balbuceó:

—Yo, yo, yo...

Y su voluntad gritaba con todas sus fuerzas:

—No, no, no...

Pero él tomó su mano y todo el cuerpo de Elisa se relajó, y sus pestañas rubias se rindieron, y el bonito vestido de tafetán de Amberes se rindió, y el entrecejo todavía fruncido se rindió, y se rindió la crinolina, oculta entre las faldas, y una imperceptible gota de sudor de la axila, porque hacía calor, se rindió, y el minúsculo lunar de la nuca, y las muñecas desnudas se rindieron, y los pezones bajo la camisa, bajo la opresión del corsé, bajo el tafetán, descuidaron la guardia, y Elisa, sin darse cuenta, se lanzó al canal de la verborrea del poeta y empezó a dejarse llevar por la corriente.

No se sabe de qué hablaron esa tarde Elisa y Gustavo Adolfo, pero tía Úrsula alcanzó a oír retazos aislados de la conversación mientras, al otro lado de la mampara, esperaba a su sobrina. Semioculta por el velo, tía Úrsula había pedido al tabernero una copita de licor y escuchaba el rumor de las voces como se escucha el mar desde una caracola.

Tal vez fuera la alusión a los arpegios de los ruiseñores, o la mención de grilletes y mazmorras, tal vez la pronunciación de la palabra sideral, o el recuerdo de las pieles fundidas, acaso Úrsula percibió claramente: romperé tus rejas y balcones y entraré en ti como un huracán; o pudo imaginar: te beberé a borbotones hasta que mi saliva y la tuya sean espuma y ola y océano.

Y tía Úrsula, después de escuchar nombres de lugares que nunca había visitado, de extraviarse en Al Jafr, en Michigan, en Valparaíso, en Samarcanda, Kenitra, Aguascalientes, Tegucigalpa, Maracay, Bangalore, después de saber que los fantasmas regresan siempre a las tierras que amaron; después de dejarse invadir por las raíces vegetales de juramentos en el bosque y por los latidos de cuerpos anudados entre los árboles, y después de sentir a Elisa preguntando si Dios no sería un espejo infinito de amantes idénticos, ella era Gustavo, Romeo era Julieta, Calixto, Melibea, a fin de cuentas, ¿qué importa un nombre?, después de pedir otra copita de cordial que le permitiera encajar la sinfonía de músicas que resonaba en su carne de viuda virgen sin difunto, descubrió que el sonido de arco iris y de aurora boreal y de fuegos fatuos y de firmamento y de caleidoscopio y de la palma de tu mano y de labios y de vidrieras y de oleaje la disolvía por dentro y ahora comenzaba a darse cuenta de que al abrir el cuerpo al calor de ciertas palabras, un coágulo muy antiguo se suavizaba poco a poco, destilando arenisca, como un canto rodado que se hacía pequeño y más pequeño, hasta desaparecer por completo.

Y entonces, tía Úrsula preguntó muy bajito: ¿Pierre, amor mío, dónde estás?

Puede que estuviera trastornada por los efectos del licor, por el calor de la estufa de la botillería, y por los estímulos sonoros, saturados de sensualidad, que llegaban del otro lado de la mampara; puede que en la bioquímica del deseo se den esas casualidades de seres que desprenden un rastro incandescente capaz de atraer al amado lejano; puede que sea cierto que el batir de alas de una mariposa en Singapur provoque un tifón en Colorado. Puede que sí y puede que no, hay personas que gritan en lo alto de una montaña y el eco llega hasta un valle en el otro extremo del mundo.

Supongo que lo que cuenta Elisa en el cuaderno de nácar es un recuerdo verdadero, y que el hombre con casaca roja, pelliza de bisonte y gorro de pieles de castor que tía Úrsula vio de pronto reflejado en el espejo biselado de La Colonial, no era otro que Pierre Clermont, el explorador francés desaparecido veinte años atrás en una expedición a las regiones árticas.

Nunca se supo cómo llegó Pierre a La Colonial, pero tía Úrsula se llevó las manos a la cara, pensó que estaba soñando y empezó a llorar a moco tendido. Y el aventurero Clermont, quitándose el gorro de pieles de castor, abrazó a su novia y, entre besos, declaró que no la había olvidado jamás, y que en medio de la tundra helada le había escrito, en su cabeza, montones de cartas de amor con el único propósito de colgarse a su recuerdo como a un salvavidas, aunque allí no había estafeta de correos, ni telegrafistas, ni medios de transporte, ni forma de enviar las misivas, porque en la tundra, dijo, no había más que caribús y búhos de las nieves y zorros árticos y unos cuantos días de verano tan largos que parecían años.

Le dijo Pierre Clermont a tía Úrsula que nunca llegó al Polo Norte, propiamente dicho, porque su barco cortahielos naufragó en una isla del mar de Siberia. De la catástrofe resultaron ilesos, aunque ateridos, Clermont y un arquitecto alemán, llamado Fritz Kaufmann. Se salvó también, por suerte, un cocinero esquimal, que les acompañaba desde Alaska, de nombre O, así, O, pronunciado con la boca redonda como para decir la letra «o». Los náufragos se libraron de perecer en las aguas gélidas gracias a los tablones del castillo de proa, a los que se aferraron con uñas y dientes, y gracias a una misteriosa corriente cálida que empujó la balsa, sorteando las masas de hielo, hasta depositarlos en una isla deshabitada que nadie había dibujado en los mapas.

Los tres hombres, cada uno a su manera, conocían los secretos de la naturaleza, así que se concentraron en sobrevivir en aquel paisaje inhóspito de tundra. El arquitecto Kaufmann diseñó un iglú con forma de pirámide y delgadas láminas de hielo que hacían las veces de cristales, para ver el horizonte nevado desde el interior; Clermont exploró los límites de la isla, encontró una caja de fósforos en un bolsillo impermeable de sus pantalones y estudió la dirección de las ventiscas; el cocinero esquimal, como Pedro por su casa, cazaba liebres árticas y gansos de las nieves y colimbos con un arpón rudimentario y luego los cocinaba a la salsa de arándanos, que recolectaba en el deshielo de los cortos veranos polares. Los veranos árticos eran breves, explicó Pierre Clermont a tía Úrsula, pero las jornadas veraniegas eran infinitamente largas y el sol no se ponía y no había forma de saber cuándo se pasaba de un día al otro y las ratas almizcleras y los armiños despertaban de su letargo y se desplazaban en manadas hacia el sur de la isla, en busca de alimentos.

Kaufmann y Clermont decidieron inventar un nombre para la isla y pasaron los primeros meses enzarzados en esa tarea, mientras el esquimal O domesticaba unos renos y fabricaba un trineo con el maderamen que había servido de tabla de salvación. Les costó mucho encontrar un nombre plenamente satisfactorio. Al final, prefirieron algo tan poco original como Isla del Norte, aunque cuando Kaufmann se acordaba de su hogar se refería a la tundra como Isla de la Selva Negra, a sabiendas de que aquel paraje era de un blanco purísimo, y Clermont, enamorado, llamaba en secreto a su territorio helado, Isla Úrsula.

Pierre le dijo a tía Úrsula que a pesar del infortunio, nunca había perdido la esperanza de abrazarla de nuevo. Sólo después de muchos años, un pesquero perdido en los glaciares, que venía de Groenlandia tropezó, por casualidad, con la Isla del Norte.

Y cuanto más hablaba Clermont de los fríos polares, más se incendiaban la nuca y las muñecas de tía Úrsula.

Arrebatada por aquellas historias y porque Pierre se había conservado lozano e irresistible, debido, seguramente, a los efectos rejuvenecedores del hielo, Úrsula se lanzó a decirle una y otra vez que lo amaba, y se lo dijo con voz dorada y en varias lenguas y de tantas maneras que asombró a Pierre, acostumbrado al silencio taciturno de aquellos huéspedes de las nieves.

Cómo traía mucha hambre atrasada, él saboreó infatigable la boca de su novia y ella se sonrojó al decirle que tenía treinta y ocho años y que no había sido de nadie y que ahora sería suya en Madrid y en París y en Michigan, en Valparaíso, en Samarcanda, en Kenitra, en Aguascalientes, en Tegucigalpa, en Maracay y en Bangalore. Pero el tiempo había pasado a toda velocidad y tía Úrsula, sobresaltada por la hora, le prometió que partirían juntos al día siguiente.

El explorador Pierre Clermont tomó entre su manos curtidas las enguantadas manos de Úrsula, dijo que se alojaba en una posada de la Cava Baja, guardó en su casaca roja la tarjeta con la dirección de los Del Castillo y deseó ardientemente encontrarse de nuevo con ella.

—¿Mañana a mediodía?

—Mañana a mediodía.

Tía Úrsula, convertida en fuego, apremió a Elisa, todavía de cuchicheos con el poeta.

—Elisa, debemos irnos, tienes a tus suegros a cenar.

—¡Casi las nueve! ¡Es tardísimo! A estas horas Tina ya estará poniendo la mesa.

—En este barrio no será fácil encontrar un carruaje.

—¿Te pasa algo, tía Úrsula? Parece que levitas. Y tienes la cara roja. ¿No tendrás fiebre?

—Estoy bien, Elisa. Me preocupo por la vuelta a casa.

—Hay una parada de coches de punto en la Plaza del Progreso. Yo las puedo acompañar.

—Gracias, pero no sería prudente.

—Espérame fuera, tía, es sólo un minuto.

Tía Úrsula se despidió con una mirada sobrenatural y flotó obediente hacia la calle. Pensaba: Pierre, Pierre, Pierre...

—No puedes irte ahora.

—Me haces daño Gustavo, tenemos que separarnos de una vez.

—¡Las cosas van a cambiar!

—¡Nada puede cambiar! Déjame marchar.

—González Bravo, con el apoyo de Narváez y del banquero Salamanca, va a sacar un nuevo diario político para hacerle cosquillas a Leopoldo O'Donnell. Me han ofrecido un puesto fijo en *El Contemporáneo*. Dejas a tu marido y nos fugamos tú y yo, como George Sand y Chopin. ¿Qué nos importa a ti y a mí la maldita sociedad? ¿Qué ha hecho nadie por mí? Yo necesito tu estímulo, Elisa. Tienes talento, amor, escribiríamos juntos. Conseguiré un editor para las rimas. Nos espera la gloria.

—Estás loco.

—He publicado *La Cruz del Diablo* en un semanario y

estoy empezando a molestar a algunos con el asunto de Juan de la Rosa y el estreno de la zarzuela en el Teatro del Circo.

—¿Y eso es bueno?

—Eso es señal de que ya no me pueden ignorar: ladran, luego caminamos.

—Me alegro por ti, Gustavo, pero ahora debo irme.

—Te buscaré Elisa. Quieras o no, te buscaré.

—No sé si me encontrarás —rió Elisa.

—¿Cómo puedes reír?

Ella extendió la mano del tresillo de brillantes y se dijeron adiós con la mirada sin párpados, sin pestañas, sin lágrimas, de dos muñecos descoyuntados que esperan su turno en las estanterías de un hospital de juguetes.

La cena de Elisa fue un éxito completo. Ricardo Casalduero se durmió satisfecho sobre el cuerpo de su mujer y ella se preguntó por qué Ricardo no era capaz de decir una sola palabra antes, ni durante, ni después de levantarle el camisón y entrar en ella como una sombra que sólo lanzaba un gemido fantasmal cuando daba por terminada la función.

6

Yo voy por un camino; ella, por otro;
pero, al pensar en nuestro mutuo amor,
yo digo aún: —¿Por qué callé aquel día?
Y ella dirá: —¿Por qué no lloré yo?

Habrá quien se pregunte cómo una damisela del último tercio del siglo XIX con sus escarpines bordados y su canesú, con su corsé que le agobiaba sobremanera y sus tirabuzones, cómo Elisa del Castillo, señora de Casalduero, matrimoniada hacía diez meses en los Jerónimos, con la bendición del Santo Padre y los arpegios de los niños cantores de la Coral de Cámara del Arzobispo de Lisboa, llegó a la conclusión de que, ocurriese lo que ocurriese, ella tenía que pasar de los arrebatos poéticos a las efusiones de la carne con su amado Gustavo Adolfo.

En realidad no lo pensaba. La idea se le clavaba a punzadas en la modorra de su matrimonio y crecía dentro de ella conforme parecía más rozagante y más hermosa. Sé por las novelas, que las mujeres que guardan un secreto en lo más recóndito de su desván, están siempre rozagantes y hermosas. Por eso la tatarabuela Elisa tenía un tintero de jade y una recámara con un escritorio-secreter sellado a cal y canto con más cerrojos que una caja fuerte del Banco de España. El tintero de jade para confesarse las verdades a sí misma, y el escritorio-secreter blindado para que la verdad no llegase hasta los demás.

Porque Elisa se había dado cuenta de que vivía en un mundo que no soportaba las verdades. Incluso las familias más edificantes tenían trapos sucios en el armario. Su propio padre, Teodoro del Castillo, estaba enzarzado en un asunto turbio con una cantante del Teatro de Variedades. Se hacía llamar Norma de Poitou y, antes de actuar ligera de ropa, había querido triunfar en el Teatro de la Ópera de París. Vino a Madrid con un número picante, aunque muy artístico, porque no llegó a pasar de la cuarta fila del coro de una representación del *Buque Fantasma,* de Wagner. Se sabe que cuando Teodoro del Castillo la vio por primera vez contoneándose como un cisne sobre el escenario del Variedades, prometió comprarle una capa ribeteada de armiño y surcar con ella la red ferroviaria española en un vagón privado tan lujoso como el de la zarina de Rusia.

Trapos sucios por todas partes. La sociedad lo sospechaba todo y todo lo olvidaba inmediatamente. Era como ver a la Reina desnuda (lo cual no era raro porque Isabel II se revolcaba a pantaletas quitadas con todos sus ministros, consejeros, generales, prohombres a caballo y súbditos de tropilla) y convencerse de que la Reina iba vestida de pies a cabeza.

Lo de su padre se lo dijo tía Úrsula antes de fugarse con Pierre Clermont. No para hacerle daño a Elisa, sino para que supiera que la vida era muy laberíntica. Pero Elisa ya lo intuía y por eso necesitaba ella también su propio desván. Y el desván de Elisa eran sus cuadernos de nácar donde se refugiaba obstinada y donde estampaba sus palabras claras y a veces zurriagazos de escritura de fuego, bengalas encendidas, luminosas y rápidas.

—Mira Elisa —le dijo tía Úrsula en el simón, la noche de La Colonial—, te parecerá insólito, pero mi novio, Pierre Clermont, acaba de aparecérseme en la botillería, con una pelliza de bisonte y un gorro de pieles de castor.

—¿En sueños? —indagó Elisa que no veía más allá de su poeta.

—No, no —respondió tía Úrsula—. En carne mortal. Ha regresado vivito y coleando de la tundra helada. No me ha olvidado nunca y mañana mismo hago el equipaje para marcharme con él.

—¿A París?

—Ni hablar. En París hace mucho frío.

—En todos los lugares civilizados hace frío.

—Ocurre que existen algunos rincones salvajes del planeta con veranos eternos y unos mares cristalinos y fosforescentes.

—¿Te irás a la Polinesia?

—Puede ser. Con tal de que no encontremos caníbales.

—Deja que vea la palma de tu mano —dijo Elisa—. Es una cosa extraña, tía: no tienes líneas, ni huellas digitales, ni caminos pantanosos, ni arenas movedizas, ni palos de ciego, ni lindes, ni murallas, ni tiras y afloja, ni vueltas atrás. Tu futuro parece una playa larga y blanca, interminable, sin pisadas.

—Pierre dice que descubriremos cada noche una isla desierta y que nos derretiremos de calor.

—A mi padre le dará un síncope, tía Úrsula.

—Tu padre tiene mucho que callar.

Y para que entendiera que el destino de cada uno era incongruente y enrevesado, para que supiera que la anatomía y la química, los músculos y los lóbulos, los ventrículos y las aurículas, los jugos gástricos y el frenillo, la dilatación de pupilas y el bombeo del corazón no tenían nada que ver con las expresiones marmóreas, y los disimulos, y los yo no he tirado la piedra y sólo veo la viga en el ojo ajeno, tía Úrsula le contó a Elisa lo de las visitas que su padre hacía a la vedette, en una bombonera discreta de una elegante calle madrileña.

Entonces se abrazaron a lágrima viva para despedirse y ya no pensaron ambas más que en decidir cómo se lo diría tía Úrsula a su hermana y a su cuñado, y qué prendas imprescindibles y ligeras debería meter en la maleta para un viaje larguísimo por territorios cálidos.

Pasar de los arrebatos poéticos a las efusiones de la carne trémula. De ese modo se sentía Elisa empujada a Gustavo Adolfo. No sabía si podría evitarlo. Hablando en plata, pasar de las palabras a los hechos, del tropo al cuerpo del delito, de lo lírico a lo anatómico. A eso lo llamaban adulterio. Y estaba penado por la ley. Algunas mujeres del Asilo de San Bernardino se encontraban recluidas allí por adúlteras, condenadas al desprecio social, separadas de sus hijos, rapadas sus cabezas y confiscados sus pocos bienes. Naturalmente, eran mujeres sin recursos. La Reina bailoteaba en su cama con un regimiento de caballeros, mientras fray Antonio María Claret, su confesor, y su consejera, sor Patrocinio, conocida como la monja de las llagas, se hacían los ciegos y miraban para otra parte. El Rey Consorte miraba también a un vago horizonte y bailoteaba en el lecho, para no ser menos que su augusta esposa, con otro regimiento de caballeros.

Cuando Elisa despertaba y su marido ya se había ido al despacho, ella recordaba los abrazos del sevillano. Un día ella le había dicho que su boca era líquida como un arroyo. Y era verdad. No era una metáfora. Cuando se besaban parecía que brotaba agua de una fuente. Pensaba en él todas las mañanas al despertarse, pero no se quería morir, no martirizaba tanto, sólo dolía ligeramente, como jeringas hincadas en la piel para sacarte sangre. Entregarse a Gustavo Adolfo. Aunque fuera una sola vez. Pero la cosa no iba a ser fácil. Había días en que estaba decidida y días en que estaba desorientada, como todas las Julietas.

En los salones y en los roperos de las Damas Nobles escuchaba mencionar el nombre del poeta de vez en cuando.

—Pero ¿ese Gustavo Adolfo que escribe en *El Contemporáneo* no es el sobrino de Joaquín Domínguez, el pintor de Cámara que se casó con Francisca de Paula?

(Gustavo es mi muralla china y mi herida y mi lago de los altos montes nevados y mi cabaña en la jungla y no embarre usted su nombre, señora duquesa, por favor.)

—¿No es el hermano de otro pintor, ese Valeriano, que se lió con una irlandesa de armas tomar?

(Su lengua de arpía, señora, no debería mencionar a los hombres de talento. Su boca rechina con maldad y las bisagras oxidadas de su cuerpo no se han aceitado jamás con un minuto de placer. Su lengua de sierpe, señora, me produce infinito asco.)

—¿No dijeron que había estado muy grave con esa enfermedad que las mujeres decentes no debemos nombrar?

(Enfermo de amor por las ninfas, señora, y tal vez por culpa de una suripanta, y yo loca por él, aunque tenga que callar y lleve varios meses muriéndome sin verlo.)

—¿No es el protegido de González Bravo?

(A mi pobre juglar no lo protege nadie. A usted sí, señora marquesa de Fuente Medina, según tengo entendido a usted la protege el banquero De los Ríos en sus finanzas y debajo de sus enaguas. Porque para algunas de ustedes, señoras, el amor y el oro tienen el mismo brillo. A Gustavo Adolfo le han dado un sueldo de miseria porque alguien tiene que caldear el mundo con un poco de genio desde la prensa, pero mi poeta famélico está desprotegido como un grillo bajo las ruedas de los carruajes, como un ruiseñor en las fauces de un gato.)

—Pues si vuelve al gobierno González Bravo, al sevillano le darán algún puesto. A mí me parece que los poetas siempre andan buscando un carguito oficial.

(Se equivoca de medio a medio, vieja dama, mi señor huye de las prebendas de los políticos. Gustavo Adolfo, mi amor, vive en la sagrada India, en mis párpados, en la música de Donizetti, en las páginas del Dante, en las columnatas del Partenón, en la Dinamarca de Hamlet.)

—Dicen que en los pensionados de señoritas y en los salones literarios se ha puesto de moda recitar sus rimas.

(A mí qué me importa, *madame*; a mí qué me importan las recitadoras de rosicler y abanico, a mí qué me importa, si yo cada día estoy más mustia, aunque nadie lo note. A mí qué me importa si yo vivo mareada por la resaca de sus palabras.)

—Altagracia Carvajal y la señora de Casalduero tuvieron algún trato con él, si no me equivoco.

(No se equivoca, señora de Retamar, usted no sabe cómo quemaba su lengua, y tampoco sabe nada de la temperatura de su tacto ni de las bocanadas de calor que acompañaban sus frases. Usted no sabe nada de eso, señora, porque usted es un témpano.)

—Sí, querida Lidia, Elisa y yo hemos tratado a Gustavo Adolfo, y a su amigo Nombela, y a Ferrán, y a otros muchos escritores en las tertulias de mi hermano, no es ningún secreto —dijo Altagracia.

(No digas nada, Elisa, sonríe como si contigo no fuera la cosa, sonríe a Lidia de Retamar con la expresión de quien mira un trébol de cuatro hojas, con los ojos como platos de contemplar un ángel caído, resiste, Elisa, sonríe inocentemente, bobaliconamente, celestialmente.)

—Yo creo que en vez de tómbolas y tés-danzantes para sacar fondos para San Bernardino, deberíamos organizar un recital poético, en vista de las amistades de Elisa y Altagracia.

Había hablado Lidia de Retamar. A Elisa se le congeló la sonrisa inocente, bobalicona, celestial.

—¡Un recital de poesía! ¡Lidia, qué idea! —aplaudió una vieja dama.

—Es cierto.

—Yo nunca he visto a un poeta de cerca. ¿No serán muy sucios?

—Mujer, los hay académicos, y laureados, y de buenas familias.

Altagracia replicó con sorna:

—Cuando son de buenas familias, dejan de serlo al primer verso de altura, y los laureados y los académicos buscan plata y lucir uniformes de gala para convencer a los demás de que proceden de buenísimas familias.

—¿Y accederán a recitar gratis? He oído que son muy avariciosos —dijo la duquesa de Villena.

—Duquesa, yo creo que tratándose de una causa benéfica...

—Estos bohemios, con una buena merienda van servidos.

—Cobraremos la entrada como en el teatro.

—Pero que reciten cosas decentes.

—Faltaría más —dijo la nieta de los condes de Oñate, que no conocía varón a los cincuenta y cinco y llevaba un crucifijo de granates al recatado escote.

—¿Y no será peligroso?

—¿Peligroso para quién? —preguntó Elisa.

—No sé —dudó la viuda Petra Marugán, que tiraba a

viuda alegre—, peligroso para las damas del público. Dicen que algunas de esas rimas románticas excitan la imaginación.

—¡La poesía es cultura, Petrita! —dijo Lidia de Retamar, haciéndose la liberal.

La nieta de los condes de Oñate se animó:

—Pues entonces, ¿a qué esperamos?

—Que Altagracia contacte cuánto antes con los poetas —dijo la marquesa de Fuente Medina.

Después de otras deliberaciones y de la minuciosa, aunque aturullada, planificación de quién se encargaría de cada cosa, la duquesa secretaria cerró la sesión:

—No se hable más. Recital poético dentro de dos semanas en la sala de conferencias del Círculo de Amigos de la Beneficencia.

Elisa procuró que ni los Casalduero ni los Del Castillo estuvieran al tanto del evento organizado por las Damas Nobles. Podían despertarse sospechas de saberse que Gustavo Adolfo y su amigo Ferrán iban a ser los poetas invitados. Elisa estuvo nerviosa los días antes del recital. Paseaba sin saber qué hacer por toda la casa y le decía a Berta que le apetecían dulces y que comprase avellanas confitadas, no, ciruelas de California, mejor membrillos, o mazapanes, sí, violetas escarchadas, no, no, peras en almíbar para mermelada, turrón de piñones, no, que engorda. Primero le decía que hiciera brazo de gitano y más tarde le pedía rosquillas de anís.

Iba y venía por el pasillo y le daba vueltas a la idea de que algunas de las mujeres indigentes recogidas en San Bernardino habían sido invitadas, por su buen comportamiento, a escuchar a los poetas. En el Asilo de San Bernardino encontraban techo mendigos, vagos de solemnidad, mujeres abandonadas, prostitutas, viudas pobres o huérfanos que habían superado la edad de ser acogidos en las inclusas. En muchos aspectos aquel viejo convento no dejaba de ser una cárcel. Aunque las Nobles Damas consideraban, con cierto cinismo, que los miserables estaban mucho mejor bien recogidos entre cuatro paredes y atados al camastro con grilletes.

Elisa odiaba dos cosas: las cárceles y el cinismo de las Nobles Damas, pero había ingresado en la Junta a su vuelta del internado de Lausana porque se lo había rogado su madre. Doña Clara había declinado en varias ocasiones el ofrecimiento de las Damas, alegando que ella ya pertenecía a otras muchas asociaciones caritativas, pero había prometido la colaboración de su hija Elisa, en cuanto regresase de sus estudios en el extranjero. El hecho de que su amiga Altagracia Carvajal estuviese también en la Junta, por tradición familiar, animó a Elisa a trabajar con los pobres de San Bernardino.

Cuando terminó su luna de miel de tres meses, con estancias en Ginebra, Lausana y París, Elisa se encontró con la casa puesta, una calesa con cochero disfrazado de lacayo inglés que le prestaban los Casalduero para pasear por la explanada del Prado en carruaje descubierto, y toda una serie de actividades caritativas, planificadas con mano férrea por la Junta de Damas. A escondidas leía *Sab*, de Gertrudis Gómez de Avellaneda, la historia de un esclavo mulato que se enamora de su señora. Un amor imposible. Un amor que pretendía saltarse las barreras de clase. Un ritmo musical y apasionado en escenarios tropicales, una prosa algo enfática que a Elisa le hacía pensar en Chateaubriand. Eso sí, cuando regresaba Ricardo a casa, los novelones y los libros de poesía desaparecían como por arte de magia. Ella se alegraba de estar tan ocupada y de participar con Altagracia en los talleres en los que se enseñaba a las huérfanas las primeras letras. Los roperos, la supervisión de los bordados que salían de los talleres del asilo y las clases a las niñas, la mantenían entretenida y activa. Así no le daré vueltas a la cabeza, se decía.

Todos los enamorados dispuestos a matar la memoria tratan de estar ocupadísimos, como se sabe; pero después de cruzar a nado el Orinoco, o de vaciar el océano con un pozalito, o tras talar un bosque y construir un dique, *él* o *ella*, escuchan el canto de un ruiseñor en un descuido, o aquella trompeta negra que le gustaba tanto, yesterday, amanecí otra vez, diecinueve días y quinientas noches, my way, y se les incrusta entre ceja y ceja la sonrisa olvidada en cuanto bajan la guardia y a lo lejos suenan Los Panchos.

Nunca más lo veré, se prometió Elisa justo después del encuentro en La Colonial y apagados los ecos del escándalo que había supuesto la fuga de tía Úrsula con Pierre Clermont a destino desconocido. Y se había mantenido firme hasta el momento. Y ahora, unos meses después de aquella noche de noviembre, tenía que volver a verlo. Tenía que verlo en el dichoso recital organizado por la Junta, porque Gustavo Adolfo había dicho que sí a Altagracia, y también le había dicho a Altagracia que tenía que hablar urgentemente con Elisa.

—¿Qué hago? —preguntaba Elisa.

—Le ves y le dices impávida que eres amnésica y pérfida, como ellos. A los hombres les da un aire y se olvidan de nosotras por completo —reía Altagracia—. Pero no te creerá, cada vez que pronuncias su nombre se te pone cara de Magdalena arrepentida.

—De Magdalena pecadora, querrás decir.

—De arrepentida de no haberte citado con él cuando te lo pidió.

El poeta había enviado una nota antes de Navidad y Elisa no había tenido fuerzas para encontrarse de nuevo con él. Ella escribió un breve billete que devolvió con el mismo mozo. Un mensaje de cuatro palabras: Es imposible. Se acabó.

Es imposible. Se acabó. Elisa se preguntaba cuántas mujeres antes que ella habrían pronunciado esas mismas cuatro palabras, sabiendo que eran una mentira mayúscula. Una mentira como una casa.

Es imposible. Se acabó.

Y no estaba tía Úrsula para aconsejarle con aquel doble rasero suyo. No lo hagas Elisita, le decía tía Úrsula cuando algo muy apetecible parecía desaconsejable. Luego se quedaba pensando y rectificaba: pero si no lo haces te sentirás mal y te dolerá la cabeza. Así que más vale que lo hagamos y que no se enteren tus padres. Ya no tenía la complicidad de tía Úrsula. Mejor terminar de una vez.

Es imposible. Se acabó, Gustavo Adolfo. Mentira, una mentira como una casa.

—Tú sabes que he tratado de no pensar en él, Altagracia, pero cada vez que leo *El Contemporáneo* me quedo pegada a sus escritos, igual que una mosca. Aunque el artículo esté firmado con seudónimo, yo sé que es suyo. Reconozco su ritmo, las pausas de su respiración, su énfasis; es como si estuviera dentro de mi cabeza.

—Dice que le diste plantón, que no ha tenido valor para insistir. Dice que se hace cargo, que no quiere comprometerte, pero que ahora tiene algo importante que decirte.

—Adivino lo que me va a decir.

—¿Lo adivinas?

—Se va a casar, Altagracia, se va a casar con otra.

—¿Cómo lo sabes?

—Yo no vivo en una torre de marfil. Me entero de cosas.

Altagracia entornó los párpados:

—Si se casa, mejor para todos.

—Pero me arde el cuerpo cuando pienso en él.

—Cuando arde el cuerpo, mejor apagarlo con más fuego. Mira tía Úrsula.

Elisa observó a su amiga con curiosidad.

—Me ha comentado Claudio que os veis de vez en cuando. ¿Por qué me lo habías ocultado?

—Tu hermano es un caballero, Elisa, y no te ha dicho toda la verdad. Es cierto que nos encontramos de tanto en tanto, cuando tiene un hueco entre la consulta y las enfermas de la beneficencia que atiende en el Hospital de Incurables. Claudio no te lo ha dicho todo porque nos citamos en un saloncito que ha alquilado, sin que lo sepan tus padres. Pensé que sería mejor ser discretos.

—¿Por qué no os prometéis?

—Ya veremos.

A última hora, la secretaria de las Damas Nobles coló, antes de los poetas, y para abreviar el recital poético, la conferencia de un higienista de cierto renombre, discípulo del doctor Ackermann, autor de un manual para señoritas titulado *Gimnástica del Bello sexo*. Don Melchor Carrillo y Ensenada era un hombre entrado en kilos, vestido de esport con una chaqueta de caza de espiguilla y bombachos con polainas como para montar en bicicleta. Tapaba la calva con unos mechones largos de pelo rojizo, peinados hacia delante al estilo romano y se ponía y quitaba un monóculo sobre un ojo azul descolorido. Al respirar daba la impresión de que se tragaba todo el aire del recinto, aunque iba a aconsejar justo lo contrario a todas aquellas señoras y señoritas que llenaban la sala.

—No voy a condenar, señoras mías, los bailes de hoy, porque tampoco lo hizo antaño mi colega inglés, del que todas ustedes tendrán noticia, el afamado doctor Ackermann. Ya dijo él que los torbellinos del baile ponen en ebullición la sangre, lo que *a priori* es bueno, porque a la vez se movilizan los humores corporales, lo que también es beneficioso, si no se cae en excesos y volatines sin ton ni son. Pero los bailes muy agitados, señoras mías, pueden sacudir los nervios hasta el punto de provocar un desequilibrio mental muy pernicioso. Recuerden los ejemplos extremos del doctor Ackermann, esas danzas de las tribus salvajes que desembocan en convulsiones horribles y hasta en muertes por vómitos y desorden de los sentidos. Permítanme recomendarles los bailes lentos con pasos y figuras elegantes y una respiración pausada, sin grandes inspiraciones que no son cosa fina ni saludable. Esto es un punto fundamental para todas ustedes que lucen unos atuendos a la moda, pero con tendencia a la opresión. Si viviera el doctor Ackermann, estaría de acuerdo conmigo: respiración tranquila, superficial, que no agite el pecho en exceso. La ciencia ha demostrado que las mujeres no deben respirar hondo, puesto que su biología se fatigaría demasiado.

—¿Y en los paseos? —se lanzó a preguntar una joven de la tercera fila, muy aficionada a las caminatas por el campo—. ¿En los paseos largos también hay que respirar superficialmente?

—El paseo, querida amiga —contestó don Melchor, calándose el monóculo para escrutar a la preguntona—, el paseo reposado, que es el propio de las damas, hace que la circulación de la sangre anime todos vuestros órganos, pero los pulmones femeninos deben extraer de la atmósfera sólo el oxígeno necesario. Por eso recomiendo pasear con donaire y lentitud, con pasitos leves y a la par seguros, sin ningún atolondramiento, y este consejo es sobre todo para las más jovencitas, las que todavía están en edad de querer corretear por el Buen Retiro y por otras avenidas del esparcimiento madrileño. Cuanto antes reposen las adolescentes sus movimientos, y acostumbren el cuerpo a posturas erguidas y dignas, mejor que mejor.

—¿Y la equitación? ¿Le parece saludable que una dama monte a caballo? —preguntó la marquesa de Fuente Medina, que daba grandes galopadas por sus posesiones de Salamanca, aunque las malas lenguas aseguraban que a veces galopaba sobre el caballo y a veces sobre el banquero De los Ríos.

—La equitación es muy recomendable, señora marquesa —cabeceó don Melchor—. ¡Cuántas veces hemos visto a las damas de alcurnia a caballo en los retratos de los grandes pintores!... Pero personalmente, prefiero ver a las amazonas sentadas al modo femenino y paseando al trote, disfrutando del paisaje, y no galopando con la cabellera al viento como las indias salvajes, montadas a horcajadas con brutalidad varonil, sin proteger los delicados tesoros de la anatomía femenina.

El publico se alborotó. Las señoras se esponjaron en sus asientos y se atrevieron a manifestar sus dudas, una verdadera batería de preguntas, disparadas todas a la vez, mientras Carrillo, jadeante, buscaba en vano nuevos argumentos, tratando de no dejarse abatir por el zafarrancho.

—¿Y el columpio?

—La sangre se sube a la cabeza...

—¿Y los juegos de prendas?

—Depende, depende...

—¿Y la gimnasia sueca?

Carrillo alzaba los hombros, mientras las damas se acaloraban.

—¿Y los estiramientos de piernas?

—¿Y el discóbolo?

—¿Y los baños de mar?

—¿Y las castañuelas?

—¿Y la danza del vientre?
—¿Y los bolos?
—¿Y los malabarismos?
—¿Y el trapecio?
—¿Y las carreras de sacos?
—¿Y el ballet de puntas?
—¿Y las acrobacias rusas?
—Eso, de ninguna manera —gemía Carrillo.
—¿Y el diábolo?
—¿Y el triciclo?
—¿Y el rigodón?
—¿Y el escondite inglés?
—¿Y el fandango? —se atrevió a preguntar una de las de San Bernardino, ante la mirada feroz de una celadora—. A mí me gusta mucho el fandango.
Sus compañeras estuvieron de acuerdo.
—Y la cachucha —dijo otra.
—Y el bolerillo.
—Y la gallina ciega
—Y el juego de la manta.
—Y la jota.
—Eso, eso, que alguien baile una jota —dijo una frescachona, que se había puesto en pie.
El higienista trataba de improvisar explicaciones para unas y otras, pero la secretaria de las Damas Nobles, duquesa de Villena, en vista de la animación que había cundido entre las internas del asilo, dio por terminada la conferencia, pidió aplausos para Carrillo y anunció que en unos minutos subirían al estrado los señores líricos.

En la antesala que daba al escenario los poetas habían pedido algo de beber. Altagracia lo organizó todo para que fuera Elisa la encargada de llevar una jarra de agua y una botella de oporto a los recitadores. A Elisa le tembló la bandeja cuando volvió a ver a Gustavo Adolfo, entre humo, sentado en un sillón vienés de terciopelo verde. Ferrán y Gustavo se pusieron en pie de un salto y saludaron con una reverencia de pingüinos. Porque los dos iban vestidos de poetas pingüinos, con pecheras plisadas y trajes alquilados para la ocasión. Elisa seguía con la bandeja en las manos como si fuera una ofrenda. Ferrán se la quitó, la depositó en una mesa y dijo que tenía que preguntarle algo a Altagracia sobre la resonancia de la sala de conferencias. Gustavo y Elisa se quedaron solos frente a frente. A Elisa le picaron los ojos, por el humo, y empezó a llorar. Gustavo Adolfo no podía acercarse a ella, por las Damas Nobles, y alargó el brazo agitando un pañuelo blanco. Parecía que les separaba un río invisible. Elisa, desde la otra orilla, tomó el pañuelo sin rozar los dedos del poeta.

Contra lo que han contado las lenguas viperinas, la tatarabuela Elisa asegura en sus cuadernos que Gustavo Adolfo era pobre, pero limpio, y que sus pañuelos, los lavase la patrona o vaya a saber quién, estaban siempre blanquísimos como una pradera nevada y planchados con pulcritud.

Disponían únicamente de unos segundos. Ella se enjugó las lágrimas. Es la carbonilla, dijo Elisa, el humo espeso de esos cigarrillos, Gustavo, una arenisca molesta. Él la miraba con aquellos ojos de oliva, aquellos ojos un poco desorbitados, aquellos ojos de niebla, de agua roja, ojos de catarro, de pomada de mentol, de surtidor en gruta con verdín, de cristal de Bohemia que no se ha limpiado en mucho tiempo, ojos de té de la morería, de mar de sargazos.

—He hecho todo lo posible para olvidarte, Elisa.

—Lo creo. Yo también.

—¿Y lo has conseguido?

Ella negó con la cabeza.

—Pero no puedo ser tuya, Gustavo.

Él tuvo la sospecha de que Elisa llevaba tatuado, como los piratas, bajo todos los ropajes, en algún lugar de la piel, un corazón atravesado por un sable en el que estaba escrito a fuego: Gustavo Adolfo.

—Me gustaría saber qué piensas de mí a solas —dijo sombrío el poeta.

—No sé. Pienso en ti, y suspiro.

—Eso es poca cosa, los suspiros son aire, y vuelven al aire.

—¿Te vas a casar con la hija del médico?

—Me casan, Elisa. Pero si tú hicieras un solo gesto...

—Lo que me pides es imposible.

—Entonces, dame una noche. Dame un faro, una tela de araña para hacer equilibrismos, dame una hebra de piel, un recuerdo, dame las migajas de pulgarcito, un vértigo compartido, una sola noche de amor; dame algo a lo que aferrarme.

A Elisa se le desató en el pecho un vendaval de esos que preceden al primer trueno de una tormenta. Tuvo que sujetarse al respaldo del silloncito vienés para no ser zarandeada por la galerna.

—Necesito tiempo.

—¿Cuánto tiempo?

Pero en aquella escena, Elisa y Gustavo Adolfo en opuestas riberas de un río, separados los dos por un Danubio sin barcas, sin piedras y sin puente, ya no quedaba tiempo. Ferrán regresaba haciendo mucho ruido, seguido de Altagracia Carvajal y de la viuda Marugán.

—Señores poetas, el público espera entusiasmado —canturreó Petrita Marugán.

Dos horas más tarde, la berlina de Altagracia Carvajal llevaría a los poetas hasta la Puerta del Sol. Altagracia y Elisa del Castillo los acompañaban. Eso fue lo que se dijo. De no ser porque Altagracia y Ferrán se bajaron antes, Elisa y Gustavo no hubieran pasado una hora a solas mientras el cochero tenía orden de trotar sin detenerse por las calles menos transitadas de Madrid.

En el estrado, Gustavo Adolfo está en pie junto al atril. Las señoras y los pocos señores del público aplauden con todas sus fuerzas. En las primeras filas, un mar de moarés y tafetanes, la Junta de Damas Nobles casi al completo. Ovaciones emocionadas después del recital del sevillano. Qué pico de oro, cuchichea una dama. Parece un santo hablando de las heridas del amor, dice otra. Yo he sentido olor a incienso, no te digo más. A mí las coplillas de Ferrán me han dejado fría, dice una marquesa. Es que Gustavo Adolfo tiene lengua de apóstol, explica una señora joven muy entendida, sabe prender la mecha, como los profetas. Qué inteligente, y qué gran lírico, y qué melancólico, y qué atractivo.

En las últimas filas, bullen unas cuantas mujeres del asilo vestidas con jubones y sayas de estameña, delantales y pañuelos a la cabeza. Unas celadoras con cara de perro las vigilan desde sus puestos de carceleras en los pasillos. Las mujeres de San Bernardino aplauden también con ojos de cobre. Elisa y Altagracia, por solidaridad, se han sentado entre ellas. Una joven de mirada clara y gesto decidido se dirige a Elisa.

—¡Ay, señora, qué hombre! Parece que me ha dado licor de adormideras y ahora siento el pecho como si me hubiera entrado una bandada de golondrinas.

—¿Le gusta la poesía? —pregunta Elisa

—Yo no sé de poesía, señora, pero sé de lo que me pasa aquí dentro y esas palabras hacen que se me estruje el corazón, no sé cómo explicarle.

—Se expresa usted muy bien —dice Elisa.

—Mejor me expresaría si pudiera largarme del asilo y pasar una noche con mi novio.

—¿Tiene novio? —pregunta Elisa.

—Es un decir. Había un chico en el pueblo que sabía cómo rendir a una mujer, tenía labia y unas manos de emperador, pero seguro que no había visto un libro de poesía en toda su vida.

—¿Le gustaría que yo le prestase un libro de poemas?

—No sé leer, señora, ustedes sólo enseñan a las pequeñas, y las que pasamos de quince, a fregar letrinas y a lavar la ropa de los internos que son unos crápulas y unos vagos.

—¿Cuántos años tienes? —pregunta Elisa.

—Veinte, señora, mi madre me abandonó a los quince y unos tíos del pueblo me ingresaron en San Bernardino. Gracias al asilo no he dado en puta. Y usted perdone.

—¿Y su padre?

—¡A saber! Mi madre era una mujer de la calle, medio tarada, acabó marchándose del pueblo. No he vuelto a verla. Mejor así. Pero yo tengo buena memoria. Una está siempre oyendo barbaridades y malos barruntos, pero cuando escucho algo bonito no lo olvido:

Al ver mis horas de fiebre
e insomnio lentas pasar,
a la orilla de mi lecho,
¿quién se sentará?

Elisa mira asombrada a la joven.

—¡Pero si es lo que acaba de recitar el poeta! ¿Cómo ha podido memorizarlo?

—Es que a mí las cosas tristes se me quedan repicando en la cabeza. Sé muchas coplas y cantares de ciego. Una vez me enseñaron los versos de uno que vi en un cuadro con una corona de laurel. Déjeme, a ver si me acuerdo:

> *¿Por qué volvéis a la memoria mía,*
> *tristes recuerdos del placer perdido,*
> *a aumentar la ansiedad y la agonía*
> *de este desierto corazón herido?*

—Eso lo ha escrito Espronceda —dice Elisa.

—Yo no sé quién lo habrá escrito, pero no era tan bien plantado como éste de la perilla, con esa caída de ojos tan triste, que dan ganas de abrazarse a él en medio de un terremoto. ¿Y sabe qué le digo? Que el hechicero no le ha quitado a usted la vista de encima. Será porque es usted muy bonita, señora, y la más amable de todas las grullas que revolotean por esta sala. Y perdone la confianza. Por eso se le han incendiado los ojos al poeta. Yo vivo encerrada en el asilo, señora, pero no se me escapan ciertas miradas que parecen candelas en medio de la noche.

7

Como enjambre de abejas irritadas,
de un oscuro rincón de la memoria
salen a perseguirme los recuerdos
de las pasadas horas.

Altagracia Carvajal se presentó en casa de Elisa sin haber anunciado su visita. Irrumpió en el vestíbulo de mármol, un barullo de sedas de color melocotón, capota y lazada, ojos de abril, tirabuzones perfectos como muelles y confianza suficiente para decirle a la doncella que era urgente y que esperaría a Elisa en el salón. No puede tardar, le había dicho Tina a la futura esposa del doctor Claudio del Castillo. Ahora su noviazgo con Claudio era oficial, pero Claudio llevaba ya dos años en Londres, donde trabajaba con enfermos perniciosos en el Royal Hospital de Chelsea.

Unos días antes de emprender el viaje a Inglaterra, Claudio se lo había comunicado a Teodoro del Castillo, aprovechando que su hermana y, en cierto modo, cómplice, merendaba en casa de sus padres.

—¿Londres? ¿Y qué se te ha perdido a ti en Londres?

—En Londres están estudiando nuevos tratamientos para el cólera morbo, padre.

—¡El cólera morbo! ¡Qué peligro, hijo mío! —se espantó doña Clara.

—¿Y no tienes bastante con esa manía de pasar visita en el Hospital de Incurables?

—En Londres se están aplicando con éxito las teorías del doctor Jacob Henle, de la Universidad de Gotinga.

—Allí lo que hay es mucho revolucionario —resopló Teodoro del Castillo—. Y a mí me afecta porque tengo acciones en los ferrocarriles ingleses.

—Si se piensa bien, no tiene ningún sentido —prosiguió Claudio, pasando por alto el comentario de su padre—: una plaga medieval es a estas alturas el azote de nuestro tiempo. Los epidemiólogos están convencidos de que el cólera hay que combatirlo con ciudades salubres, aguas claras, poblaciones bien alimentadas y suburbios en buenas condiciones sanitarias.

—Y tú precisamente, una lumbrera de la Facultad de Medicina de Madrid tienes que emigrar a Londres para que los ingleses nos enseñen cómo hacer una reforma sanitaria.

—Así es, padre. Yo creía que tú, siendo tan innovador en tus negocios, estabas a favor de los adelantos de la ciencia.

—A favor de los adelantos sí, pero no a favor del señor Marx, que anda por Londres con la pretensión de que los proletarios gobiernen el mundo. Demasiada pedagogía para los obreros y demasiadas contemplaciones para las masas, si hacemos caso al renegado de Mankunin, que también está en Londres armando jaleo.

—Es Bakunin, padre, Mikhail Alexandrovich Bakunin.

—Mijail Bakunin, eso es, entre unos y otros van a acabar con el progreso. Porque el progreso somos nosotros, querido hijo, los empresarios que movemos el capital. Los que hacemos que los ferrocarriles lleguen cada vez más lejos y los que invertimos para que los edificios modernos se alcen como hongos en las ciudades.

Doña Clara miró a su marido y a su hijo con una palidez de cera.

—Pero ¿no te ibas a casar con la niña de los Carvajal? —preguntó extrañada.

—Altagracia esperará —dijo Claudio—. Una mujer que sabe esperar, es una mujer que te recibe con los brazos abiertos.

Doña Clara rezongó algo incomprensible, pero a Elisa le pareció escuchar algo relativo a la marcha precipitada de tía Úrsula y a la rareza de una familia que tomaba las decisiones a todo correr. Altagracia resistía la ausencia de Claudio con paciencia de árbol. Seguía con sus actividades en San Bernardino y salía de vez en cuando con Elisa. Tía Úrsula escribía tarjetones cortos y calurosos, desde los lugares más insospechados del globo:

«Las sombrillas no sirven para nada. Los rayos de sol caen como lanzas. Sólo llevo sandalias, grandes chales con dibujos, ceñidos al cuerpo al modo nativo y una flor perfumada en el cabello al viento. (Ni pensar en moños ni en tirabuzones, aquí no hay tenacillas y he regalado las peinetas.) Besos. Tahití.»

«Pierre ha construido un bungalow con una terraza de madera de teka, al borde del acantilado. Desayunamos frente a un mar que es una lámina de agua turquesa y somos felices como nunca (no sé de dónde ha sacado Pierre las tazas de porcelana, pero es de lo más agradable). Mañana vamos a explorar una isla de palmas gigantes que tiene forma de águila. Dicen que si te bañas en las cascadas de su laguna, rejuveneces diez años. Ya veremos. Un abrazo. Mata-Utu.»

«Con el *Odiseo*, un velero impulsivo y rápido, hemos puesto proa hacia las islas de Sotavento. Esto es un paraíso. Os quiero. Saludos de Pierre. Bora-Bora.»

Elisa leía los mensajes de tía Úrsula y se alegraba por ella. Atrás había quedado Gustavo Adolfo y su extraña boda con Casta Esteban. Habían tenido un hijo, pero los amigos del poeta decían que Casta no era trigo limpio. La señora de Casalduero no quería oír pronunciar el nombre de Gustavo Adolfo.

Han pasado dos años y ya no me acuerdo de él, decía Elisa. Altagracia no la creía. Ella sí pensaba en Claudio. De noche, repasaba en su memoria las horas de amor en el palomar secreto. Recordaba los planes de trabajar juntos en un nuevo hospital de caridad, con todos los adelantos científicos, imaginaba a los pacientes bien cuidados tomando el sol en el jardín, ella la colaboradora y esposa del doctor Del Castillo; veía los dormitorios con cuatro camas de níquel, las colchas blancas, las luminosas ventanas dejando entrar el aire saneado de un jardín con palmeras. Palmeras, sí, Claudio había dicho que el jardín tendría palmeras, y bancos de hierro pintados de verde, y un porche con butacas de mimbre. Nada que ver con al aire macilento y triste de San Bernardino.

Por eso había venido a hablar con Elisa. Elisa no había aparecido en las últimas reuniones, y la Junta de Damas estaba dispuesta a tomar medidas después de la revuelta que habían protagonizado las internas, dos semanas antes. La duquesa secretaria había decidido, como castigo, suspender los talleres de bordado y lectura de las adultas, y las Damas secundaron la propuesta, con el voto en contra de Altagracia, Petrita y Lidia de Retamar.

La mañana de la algarada, la Junta de Damas Nobles se reunió en el despacho del director del Asilo de San Bernardino. Las internas se habían amotinado, después del desayuno, alegando que se negaban a hacer de criadas de los hombres acogidos en la institución, tan menesterosos como ellas. Querían zafarse de las letrinas y de los lavaderos de mugre ajena.

Las Nobles Damas que, tal cómo había pensado Elisa en más de una ocasión, no eran tan nobles ni tan damas, estaban indignadas.

—¡Qué ingratitud!

—¡Por esto no podemos pasar!

—Ya hubo un motín de esta chusma en el 35, pero el marqués de Pontejos los puso firmes.

—Habrá que meterlas a todas en las celdas de castigo.

—Azotes. Un azotamiento a las cabecillas, a la vista de todo el asilo. Para que sirva de escarmiento.

—Ése es el problema, señoras —dijo el director de San Bernardino—, hay más insurrectas que celadoras. No nos conviene reducirlas por la fuerza y no podemos llamar la atención de las autoridades. Ya saben que le sacamos dinero al Gobierno con dificultad; el marqués de Miraflores acaba de formar gabinete y no es el momento de causar revuelo ni rumores de rebeldía que trasciendan nuestras paredes. Bastante removidas están las aguas de la política. Y además, algunos de nuestros generosos patronos no verían con buenos ojos el alboroto.

—Pero ¿usted se ha enfrentado a ellas? —preguntó la marquesa de Arbiol.

—No puedo ni acercarme —dijo el director—. Se han hecho fuertes en el pabellón del comedor y cada vez que avanzamos el administrador o yo mismo, lanzan piedras y tablones por las ventanas. Creo que han destrozado los bancos y las mesas, y una de las celadoras asegura que están armadas con cuchillos y navajas.

—¡No puedo creerlo!

—¡Armadas hasta los dientes!

—¡Esto no tiene nombre!

Doña Petra Marugán, la viuda alegre de mirada chispeante, trotecillo ligero y pies diminutos, que a Elisa le recordaba a su perrita Amarilis, estaba realmente consternada. Se la veía con ojos apagados y llorosos, igual que Amarilis cuando se quedó en la finca de Zamora, porque Ricardo tenía alergia a los perros en casa.

—¡Qué barbaridad! ¡Qué barbaridad! —repetía de vez en cuando.

No se le ocurría decir otra cosa.

—Se me congela la sangre en las venas. Yo vi como el populacho se lanzaba contra los curas en la masacre del treinta y cuatro —dijo una dama entrada en años.

—¡No exageremos! Éste es el pataleo de cuatro desgraciadas.

—¡Cien azotes!

—¡Que intervenga el ejército!

—¡Qué barbaridad! ¡Qué barbaridad!

—Un poco de paciencia, señoras —calmó el director.

Todos los ojos se concentraron en la secretaria de la Junta, duquesa de Villena, prima política del marqués de La Habana, recién nombrado ministro de la Guerra, y por tanto una posible chivata para las altas esferas. Acababa de ponerse en pie, golpeando el piso con el bastón.

—La insubordinación hay que pararla con la fuerza, diga usted lo que diga.

Altagracia lanzó al bastón y a la Noble Dama una de esas miradas que parecen un escupitajo en plena cara.

—Antes de usar la fuerza, probemos con la palabra, duquesa secretaria.

—Demasiadas palabras han aprendido, Altagracia. Hace dos años, os concedimos a ti y a Elisa del Castillo enseñar a las analfabetas adultas, y mira hasta dónde nos ha llevado la instrucción.

—¿Nos está acusando de sediciosas? La Ley de Instrucción Pública nos da la razón. En este país el analfabetismo entre las mujeres sobrepasa el ochenta y seis por ciento. ¿A esto le llamamos una sociedad moderna? ¿Moderna para quién?

—Altagracia, no seas impertinente, te he visto nacer y tu madre, la marquesa de Sandoval, es una de mis mejores amigas. No discutamos entre nosotras, niñas. Mi deseo es evitar conflictos en la Junta, pero ya dije entonces que no podíamos ser blandas con estas descarriadas.

—Algunas son mujeres pobres, simplemente.

—Mujeres de la calle, con o sin delitos, Altagracia.

—Y mujeres expulsadas de sus casas por sus maridos.

—¡Con motivos de sobra!

—A ellos no se les encierra por molerlas a palos.

El director de San Bernardino, golpeó en la mesa con un abrecartas.

—Señoras, señoras.

—¿No hay peligro de que se unan los hombres a la algarada? —preguntó Lidia de Retamar.

—Están tranquilos —declaró el administrador—, dicen que con ellos no va la cosa. Pero por si acaso, los hemos reunido en la iglesia, con el padre Anastasio y unos cuantos celadores que no se andan con bromas.

—¿Y no sería mejor hablar con ellas? —preguntó Elisa, decidiéndose a intervenir—. Otras veces se han resuelto las cosas después de escuchar a estas pobres mujeres.

Pero en ese momento dos celadoras irrumpen golpeando la puerta, el director de San Bernardino se levanta como un resorte de su sillón de obispo, el administrador se pasa el pañuelo por la frente bajo un crucifijo gigante, las Nobles Damas buscan protección, acercándose a las paredes al modo de las cucarachas arrinconadas; entra el padre Anastasio agitado, sólo Altagracia y Elisa se quedan en medio de la habitación. La puerta se abre de nuevo y aquí llegan tres rebeldes armadas con cuchillos de cocina. Avanzan con el pobre uniforme de estameña y el pañuelo a la cabeza, blandiendo sus armas. En el ruedo del despacho del director, se encuentran las cabecillas a punto de rendirse.

—Director, queremos parlamentar.

—Con cuchillos no se parlamenta —mete baza la duquesa de Villena, sin moverse de su rincón.

—Con cuchillos, hasta que se nos escuche.

El director mira al padre Anastasio, y el padre Anastasio al administrador, y el administrador asiente con la cabeza.

—De acuerdo, hablen.

Las mujeres exigen que los internos varones se ocupen de sus pabellones y limpien sus propias letrinas. Piden aprender, como los hombres, los oficios de zapateras, sastras, carpinteras, tintoreras, ebanistas o cerrajeras, para abandonar el asilo con un trabajo digno y ganando un sustento. Pretenden ir a la calle sin vigilantes, bajo promesa de no escapar, cuando salen a hacer bulto en los cortejos de los entierros o a colocar sillas en las iglesias. No se consideran presas, y por tanto, ven necesario separar a las que son delincuentes de las mujeres de bien. Quieren más higiene y mejor comida y más paseos y más atención médica y menos dureza en los castigos.

Elisa oye hablar a las rebeldes y piensa que sus palabras son claras como los cielos de Madrid. Las ve iluminadas por la luz de la calle que filtran las ventanas del despacho del director. Le recuerdan a las heroínas de un cuadro, pero no puede recordar qué cuadro. No cambiará nada en el asilo, Elisa lo sabe, seguirán encerradas aquí, con la excusa de protegerlas del mal. Tal vez algunas escaparán. Volverán a las andadas, otras, y venderán sus cuerpos para no morirse de hambre. Algunas recogerán sus hatillos y regresarán a sus pueblos. Como Gloria. A Gloria la conoció en el recital de Gustavo Adolfo. Parece que ha pasado un siglo. Tuvo la oportunidad de enseñarle a leer y escribir. Era una chica muy lista. Salió de San Bernardino con un trabajo y dijo que quería estudiar para maestra. Pensaba volver a su pueblo y enseñar las letras a los párvulos. Al principio escribió un par de cartas cariñosas. ¿Qué habrá sido de ella?, se pregunta Elisa, mientras cuatro celadores, expresión patibularia, cuerpos enormes, caen como una tromba sobre las insumisas, las atenazan y las desarman. Han pasado tantas cosas. O no, no ha pasado apenas nada. Ricardo es diputado por la Unión Liberal, pero si las cosas se pusieran feas encontrará un motivo para romper con los unionistas. Su carrera política no me preocupa, piensa Elisa. Es escurridizo como la propia Reina. Hoy O'Donnell, mañana Narváez, pasado mañana Mon o Arrazola. Ricardo sabe en cada momento qué chaqueta ponerse. Siempre adivina en qué dirección van a soplar los vientos. Tiene amigos en todos los bandos. Experto en guardar un as en la chistera. No como estas reclusas. Ahora están temblando de miedo. Serán castigadas con dureza. Después todo volverá a la tranquilidad. Pobres mujeres. No les harán ningún caso.

Esa tarde, al llegar a casa, Elisa se sumergió en los papeles de Ricardo, como otras veces. Ella corregía sus intervenciones en el Congreso, pasaba a limpio sus alegatos jurídicos, escribía las notas de agradecimiento por los favores políticos, los billetes de felicitación, los tarjetones de pésame, las cartas importantes del despacho.

—¿Qué ha ocurrido en San Bernardino? —preguntó Ricardo.

—Poca cosa. Una revuelta de unas horas. Reivindicaciones de las internas.

—No es poca cosa, Elisa, es un escándalo. Esas mujeres están ahí gracias a la caridad pública.

—Habrá un día en que a la caridad se le llame justicia.

—Las ideas de tu hermano Claudio os están alterando los nervios a Altagracia y a ti.

La verdad es que Elisa estaba convencida de que los encontronazos con Ricardo eran inútiles. Él siempre ganaba y luego ella tenía que soportar silencios rencorosos y bocas torcidas durante varios días.

—Déjalo Ricardo, no discutamos. Tengo que repasar estos papeles.

Al ver a su mujer hermosa, sumisa y con ojeras, Ricardo cambió de tono.

—Te noto cansada, Elisa. ¿Por qué no te vas unos días a la finca de Zamora con Altagracia, o mejor, con tu madre? A Fermina le dabais una alegría.

Fermina. La vieja guardesa adivinándolo todo. Venían de los pueblos de los alrededores a pedirle ungüentos para el amor y hierbas contra la mirada torcida de los tuertos.

Fue una mañana de jaqueca, cuando Ricardo y ella pasaban por primera vez unos días en la finca. Ricardo había salido a cazar. Fermina le sirvió a Elisa una infusión de puntas de retama en la mesita del jardín. Lo primero que le dijo fue que debajo de sus faldas había un hilo muy tenso que la ataba bien atada a un lugar lejano. Para cortar esa maroma, dijo Fermina, tiene usted que mezclar el agua de lavarse la cara con el reposo de un cocimiento de nueces sin pelar, hervidas a fuego lento. Y al lavarse, humedecer bien la frente y los párpados y rezar para que se rompa ese vínculo. Pero si usted no quiere desanudar ese hilo no hay nada que hacer. Seguirán los dolores de cabeza, señorita Elisa.

Y lo que yo le acabo de decir, señorita, nunca lo ha oído.

A Elisa le gustaba pasear con Fermina buscando hierbas y escuchando las leyendas de aquellos encantamientos, que se perdían en el tiempo. El baño de clavo molido, para neutralizar a los que nos quieren mal. El incienso de canela, para el dinero. Si quiere que las preocupaciones se vayan de la casa, señorita, mezcle en un almirez perejil, salvia, romero y tomillo y luego queme el polvo en un incensario. No se olvide de dejar la mente en blanco mientras aventa el aroma de las hierbas por todas las habitaciones. O rece un rosario a san Judas Tadeo, pidiendo el bien y para que detenga el bullebulle de la cabeza, señorita Elisa, porque estos son hechizos permitidos por Dios y la Santísima Trinidad, poderosa y misteriosa, cuyos oídos nunca han sido sordos a mis peticiones, por medio de su piedad y de su amor, por los siglos de los siglos, amén.

Y se persignaba tres veces.

Fermina sabía cómo hacer magnetos con virutas de hierro para cumplir los deseos, amuletos con nuez moscada, aceites mágicos de albahaca, de benjuí, de mirra, de lirio de Florencia, de aloe, de ámbar. Acumulaba en la despensa botellones de agua de luna nueva, hierbas y raíces de todo tipo, agua de avellanas para fregar los suelos y pedir prosperidad, maceraciones de caléndulas para curar las heridas, colgaduras de hierbas de san Juan el Bautista, que alejan las sombras negras y el mal de ojo.

Fermina también conocía los secretos del verdín que crecía en el fondo de los pozos. Escuchaba el sonido del cubo al golpear el agua, el eco de un breve repiqueteo de torrente en la oscuridad, y sabía, según le llegase olor a piedra o regusto a aguas removidas, si el mundo subterráneo estaba tranquilo o barruntaba malos presagios. Creía Fermina que en lo más profundo de los pozos vivían unos espíritus diminutos que llegaban con la lluvia, unas fuerzas, ni buenas ni malas en sí mismas, pero capaces de revolucionarse si la persona que bebía el agua tenía pensamientos siniestros y malas ideas.

—Son muy sensibles a la mala fe —decía.

Fermina le contó a Elisa el caso de un campesino de un pueblo cercano que tenía intención de rebanarle el pescuezo a un vecino por unas cuestiones de lindes. Cada vez que bebía agua del pozo, aquel hombre sudaba como un mulo, se le encogía el vientre y empezaban a venirle arcadas de bilis negra. Fermina fue llamada para que reconociera las aguas. Encontró a las fuerzas del pozo con una fosforescencia irritada y furiosa, zigzagueando en lo oscuro como renacuajos de luz. A usted lo roe la venganza, le dijo Fermina al campesino.

—Me ronda la idea de matar a un hombre —confesó él.

Fermina volvió a tirar el cubo a lo hondo del pozo.

—Si no se arranca el reconcome, a usted se lo llevará una calentura fulminante y no tendrá tiempo de degollar a su prójimo. Las aguas no se aplacarán hasta que no se saque ese cuchillo carnicero de la mollera.

Elisa había aprendido los diferentes usos de las hierbas aromáticas, igual que había aprendido los platos favoritos de Ricardo, los modos en que a él le gustaba el planchado de la ropa o la distribución de los muebles de la casa. Elisa recibía regalos caros de Ricardo, y ella le regalaba a él su cuerpo, de ciento en viento, cuando él lo buscaba.

Como se estaba volviendo un hombre cada vez más taciturno, con sueños de plomo y pesadillas a voz en grito, a Elisa se le iban los días pensando en las cosas que agradarían a su marido. Disponía la ropa de Ricardo para la mañana siguiente, según fuera día de sesión en las Cortes o día de trabajo en el despacho; le preparaba un baño caliente todas las noches con sales perfumadas inglesas y unas gotas de esencia de violeta, que tenían efecto sedante. También le llevaba a la cama una tisana de tomillo, antes de dormir, y si le dolía la cabeza, le daba masajes en las sienes con aceite de romero. Él se sentía más ligero y se dormía abrazado a Elisa, pero de madrugada le volvían las pesadillas y repetía con angustia el mismo nombre: Valentín, Valentín. Y después: no te mueras, no te mueras.

Ricardo entraba entonces en una agitación que no cesaba, ni siquiera al beber el agua de toronjil fresca que Elisa le daba en sueños.

El toronjil, señorita, es muy bueno para los locos y para los ansiosos, le había dicho Fermina en la finca. Pero Ricardo tardaba en sosegarse, sus manos en el cuello de Elisa, como si quisiera ahogarla, con gemidos culpables. Valentín, Valentín. Maldita sea, ¿por qué te mueres, Valentín?

Elisa le atendía con suavidad de madre. Cariño, despierta, escúchame, estás soñando otra vez, bebe un poco de agua fresca, así, cariño, tranquilo. Pero hasta pasado un buen rato no se iba calmando Ricardo, con la boca entreabierta y fatigada sobre el hombro de su mujer.

Al principio de su matrimonio, Elisa le preguntaba:

—¿Quién es Valentín, Ricardo? Por la noche gritas ese nombre y te angustias mucho.

—Nadie, Elisa, Valentín, no es nadie. Un nombre que se ha colado en mis pesadillas.

—Pero alguien tendrá que ser, Ricardo. Dices que se muere ese Valentín y se te rompe la voz y lloras como un niño.

—Tú no me hagas caso, Elisa. Tú sigue durmiendo como si tal cosa.

Ni Virginia, la suegra de Elisa, ni Ricardo Casalduero padre, ni Fermina, que parecía saber más de los Casalduero que ellos mismos, quisieron aclararle el enigma ni decirle a Elisa quién podía ser ese Valentín del que su marido hablaba en sueños. Ellos fingían no saber nada, pero las pocas veces que Elisa se atrevió a preguntar tuvo la sospecha de que todos contestaban con las bocas cosidas con hilo de alambre. Detrás aquellos costurones en los labios, ella sentía que había una historia que nadie quería contar.

De modo que Elisa, por ver si se marchaba Valentín, redoblaba las infusiones sedantes y las atenciones a Ricardo antes de dormir. Pero el mal sueño persistía. Algunas noches, si los gritos eran demasiado fuertes, Elisa le sacudía por los hombros para despertarlo, y otras veces se sentaba en la cama junto a él, le cogía de la mano y esperaba, mientras él manoteaba en el aire e increpaba a Valentín, único poblador de la pesadilla de siempre.

—Otra vez llamabas a Valentín, Ricardo. Hay algo que te hace daño.

—Mira, Elisa, no quiero que pienses más en ello. Hay cosas que pasan en la infancia y luego flotan en los sueños como los restos de un naufragio —dijo Ricardo un día—. Pero sea lo que sea, está enterrado y bien enterrado en mi memoria.

La tatarabuela Elisa, sin saberlo, estuvo en la avanzadilla de las terapias de la mente, tal vez porque había asistido al espectáculo de un psíquico-hipnotizador que vació la cabeza de un fóbico a los baños de mar.

Ante la concurrencia, en estado de trance, aquel fóbico lanzaba espumarajos por la boca y hablaba de escafandras, y de algas voraces, y de caballitos del diablo, y de ostras gigantes que se alimentaban de manos desgarradas; en su viaje marino, conducido por aquel genio de la hipnosis, el sonámbulo vio tiburones tragahombres, perlas de Ceilán con un demonio dentro, rayas malignas, praderas de corales ensangrentados, arañas de mar que clavaban su veneno en las plantas de los pies, medusas asesinas, tritones ciegos, remolinos aterradores, peces sierra, bucaneros disfrazados de buzos, erizos ponzoñosos.

Tuvo que ser la visión de aquel fóbico que vomitó toda su angustia, se despertó con cara de malva, reconoció ante el mentalista haber olvidado el pánico y comentó al público incrédulo que le apetecía mucho darse unos baños de asiento en San Sebastián. Tuvo que ser eso, porque tampoco existía el cine, así que Elisa no podía haber visto *Recuerda* , ni *Marnie la ladrona*, de Hitchcock, que le habrían gustado mucho.

El caso es que ella había comprobado, escribe que te escribe, que cuando las impresiones subterráneas se convierten en palabras, cuando el aire fresco ventila las emanaciones estancandas en las tinieblas, cuando se desenreda con paciencia la madeja enmarañada de los recuerdos más sórdidos, la respiración se vuelve serena, el miedo se diluye y las ideas se asientan como una cama fresca con las sábanas recién planchadas.

—Si hicieras un esfuerzo por volver al pasado, y si pudieras recordar quién es Valentín, Ricardo, y sacarlo todo a la luz, y perdonarle, o perdonarte, tal vez entonces cesaría la angustia y dejarías de tener pesadillas.

—Olvídate de ese nombre, Elisa.

Ella miró a su marido con compasión y cansancio.

—Tú sabes quién es, ¿verdad?

Ricardo se indignó y levantó la voz más de la cuenta.

—No vuelvas a preguntar nunca más, Elisa. Sea quien sea Valentín, está muerto. No tiene nada que ver contigo. En todo caso es mi fantasma, un cabrón de fantasma que me ronda.

Nunca le había oído hablar con aquella violencia. Pero desde aquel día supo que Ricardo Casalduero y ella estaban separados por un hombre, o tal vez un niño, que estaba muerto, que se hacía real para Ricardo en la oscuridad y que se había llamado Valentín.

Cuando Elisa llegó a casa flotando en muselinas blancas, Altagracia ya había ojeado todas las revistas ilustradas del salón.

No se habían visto en dos semanas, desde el altercado de San Bernardino, porque Elisa no había tenido ánimos para volver a las reuniones de la Junta. Había pretextado una alergia de primavera.

—Se suspende la alfabetización a las adultas, indefinidamente —dijo Altagracia.

—Lo imaginaba.

—¿De verdad tienes alergia?

—Tengo alergia a las Damas Nobles, sobre todo a algunas.

—¿Qué vas a hacer?

—Dejar que pase la alergia, y luego ya veremos. ¿Y tú?

—Seguir en la brecha. Alguien tiene que cortarle las alas a la duquesa.

—Ricardo dice que estoy agotada, que me vendría bien descansar unos días en la finca de Zamora. ¿Por qué no te vienes?

—¿Allí está la santera?

—¿Te refieres a Fermina?

Siguieron hablando en el salón, con un oporto que invitaba a brindar por cualquier cosa, y picoteando unas croquetas diminutas, que había servido Tina.

—Están ricas.

—Berta prepara merluza rellena y tocinillo de cielo. ¿Por qué no te quedas?

—¿Y Ricardo?

—Ha dicho que no le esperemos.

Altagracia se sentó al piano. Las notas alegres las escuchaba Elisa desde una región lejana, como si llegasen del otro extremo de la ciudad y entrasen por los balcones, agitando los visillos de encaje. Llevaba mucho tiempo luchando contra sus pensamientos. Algunos días se refrescaba las mejillas y las sienes con agua de nueces, tal como le había dicho Fermina. También rezaba. Le pedía a Dios que cortase el hilo que salía de su cuerpo y la encadenaba a aquel hombre al que no había visto en mucho tiempo. Pero Dios le mandaba una y otra vez las imágenes de la última noche, en la berlina de los Carvajal. El viento movía las cortinillas del carruaje, dulcemente, como en este momento la música y el aire de abril mecían los visillos del salón.

¿Qué habría pensado el cochero? ¿Qué más daba, ahora? De pronto se quedaron solos en aquel interior de raso acolchado, y ella sentía el vaivén del coche y el trote rítmico de los caballos. Ni siquiera sabía por dónde iban. ¿Qué importaba?

—No tenemos más tiempo que el que tenemos, Elisa —dijo Gustavo.

Ella trató de decir algo, pero él la aprisionó con las rodillas, la tendió sobre el asiento y empezó a besarla igual que se arrebatan las campanas de la catedral en un día de fiesta. Las manos del poeta luchaban contra los estorbos de sedas y candados hasta llegar a tocar la piel dormida para despertarla. Elisa imaginó que las manos de Gustavo eran como esos navegantes que nunca tienen ganas de regresar a casa, y pidió que aquella navegación y aquella avalancha de bocas sin rumbo siguieran toda la noche.

Aunque sólo tengamos una hora, pensó Elisa, dejaré que me explores a contraluz como si nos quedara un siglo rodando y rodando por estas avenidas desiertas. Cuando vuelva a caminar por las calles, si consigo hacer algo con estas medias nacaradas que se embarullan en mis tobillos, me daré cuenta de que lo que existía ayer ha quedado sepultado por cien años de besos. Ahora siento que mi carne ya no está muerta. Tus labios y tus manos han resucitado mi sangre, que ahora se alborota pidiendo más y más. Tus uñas abrasan y conocen el santo y seña de mis entrañas. Grito a tu oído y no sé lo que grito.

—Abre los ojos —pidió él—, quiero ver tus ojos cuando mis dedos te acarician.

Elisa abrió los ojos y se vio en el interior de una berlina, enredados sus ropajes en el abrazo de Gustavo Adolfo, y pensó que estaba loca y sintió que se diluía en un lago de mercurio, y notó también, un poco más tarde, que los caballos amansaban el paso y que el coche se detenía.

—Me bajaré aquí, y el cochero te llevará a casa.

—Me parece que estoy loca —suspiró Elisa.

Él la examinaba con el aire sombrío de un convaleciente que no tiene esperanzas de encontrar remedio.

—Quiero saber una cosa —preguntó en ese momento Gustavo Adolfo—: ¿Tendremos alguna vez una noche para nosotros?

Elisa volvió a la realidad de golpe y repitió la única letanía que podía salvarla de la catástrofe.

—Es imposible. Esto se tiene que acabar, Gustavo Adolfo.

(Mentira, no me creas Gustavo, líbrame de estas palabras que estoy obligada a decir.)

—¿Aunque el amor nos desgarre por dentro?

—Yo no puedo seguir adelante. Es imposible —mintió Elisa.

Al poeta se le clavó una estaca en el corazón. El poeta no sabía que cuando las mujeres se mienten a sí mismas, es sólo cuestión de tiempo. Pero Gustavo Adolfo creyó a Elisa en aquel instante. Imposible. Era una palabra que conocía bien. Imposible amarle, señor. Imposible que siga usted en el puesto que le habíamos asignado. Imposible publicar sus poesías en este momento. Imposible contratarle con un salario decente. Imposible curarle esa tos. Imposible pagarle más dinero por sus artículos. Imposible asignarle un lugar entre los elegidos. Imposible: se ha cerrado la nómina de los cien escritores del baboseo oficial. Se ve que usted desconoce el arte de babosear adecuadamente. Nunca será un escritor laureado, subvencionado, retratado de medio cuerpo, tres cuartos a la derecha, con una pluma de ganso en la mano. Imposible. Y además, usted es sospechoso de ciertos dibujos satíricos contra la Reina. Usted se queja, usted se desespera, usted es un peligro. Imposible sacarle de la ratonera. Es imposible. Imposible, señor poeta.

Apartó los visillos del carruaje, observó pensativo el cruce de calles de Madrid donde se habían detenido los caballos, y cuando volvió a mirar a Elisa parecía que llegaba de un viaje muy largo.

—El último beso, entonces.

Gustavo Adolfo la abrazó por la cintura, le dio un beso profundo y líquido con los ojos abiertos, aguantando el miedo a vivir sin ella, y se perdió en la oscuridad.

Es imposible, se acabó, pensaba Elisa, mientras Altagracia tocaba el piano. Una mentira como una casa. Una monstruosa mentira. ¿Por qué me creyó y me dejó hecha una Ofelia con la mente en ruinas? La música se le subía a la cabeza como un paisaje de mar. Veía en sueños un barco que los llevaba lejos, a ella y a Gustavo. Pero aquél era el destino de tía Úrsula. De embarcar Gustavo Adolfo, seguro que moría de pulmonía.

No importaba el tiempo que hubiera pasado. La cuerda no se había roto, por más cocciones de nueces, por más rezos, por más botafumeiros de hierbas mágicas, por más baños de agua de rosas. El matrimonio con Ricardo no había domesticado su alma.

Altagracia dejó de tocar, miró a Elisa y pensó: no lo ha olvidado. Sigue enganchada a Gustavo Adolfo.

—¿Piensas en él alguna vez? —le preguntó.

Elisa bebió un sorbo de oporto y le salió una voz de niña.

—No; apenas lo recuerdo.

Mentira, una mentira como una catedral.

8

Yo no sé si ese mundo de visiones
vive fuera o va dentro de nosotros.
Pero sé que conozco a muchas gentes
a quienes no conozco.

Elisa no dice en sus cuadernos de nácar cuánto se tardaba entonces desde Madrid a una finca del norte de Zamora en un carruaje tirado por seis caballos, con un cochero y un mayoral en el pescante, dándole al látigo y tragando leguas a todo correr. El caso es que llegaron, Elisa, Altagracia y doña Clara, y tres doncellas para las cintas del corsé, las mil enaguas, los miriñaques, los aguamaniles, los baños y todo lo demás: una doncella por señora para aliviar la carga de aquella feminidad tan pesada. Porque en los tiempos de Elisa del Castillo, las damas, cuenta mi madre, se movían (si es que tenían fuerzas) con ocho o nueve kilos de ropa encima.

Amarilis salió saltando a recibirlas, entre los aspavientos de Fermina, los cabezazos respetuosos de su marido, Damián, y los ladridos de los otros perros de Los Manantiales.

—Qué aire tan sano, Fermina, esto es una gloria —dijo doña Clara.

—Sí, señora, aquí se respira a pleno pulmón.

La señora de Casalduero abrazaba a su perrita, le susurraba cosas al oído, y parecía más feliz y más lozana que nunca.

—Fermina y Damián tienen todo listo. Ellos os enseñarán la casa —dijo la anfitriona a sus invitadas.

Elisa se encaminó, seguida de una cocker juguetona, por el sendero de los álamos en dirección al río. Ella era la única que sabía exactamente lo que quería hacer nada más llegar. El resto de las viajeras se encontraban algo desconcertadas, iban del jardín a la señorial casa de campo y se buscaban unas a otras, para sentirse menos perdidas, recién aterrizadas en una mansión ajena.

—Altagracia, ¿sabes dónde se ha metido Elisa? —preguntaba doña Clara.

—¿Alguien ha visto a Tina? —decía Almudena, la doncella de Altagracia, saliendo de la casa—. Se ha equivocado de sombrerera.

—¿Dónde está la señora Fermina? No sé cuál es el dormitorio de doña Clara.

—Tina, ¿tú has visto a Almudena? Necesito un chal.

—Señora Fermina, ¿a qué habitación llevo el equipaje de doña Clara?

—Clara, no encuentro a Elisa por ningún sitio.

—Me pregunto si tendré el mismo dormitorio de la última vez.

—Ay, señora, esto sí que es un cuarto con buenas vistas —decía Leona, la doncella de doña Clara.

Damián subía equipajes y mostraba a unas y a otras las habitaciones.

—Almudena, por favor, pregúntele a Tina si sabe por dónde anda la señorita Elisa.

—Se ha ido al río, con Amarilis —dijo Fermina—. Es

lo primero que hace en cuanto llega. La señorita Elisa no sabe estar aquí sin comprobar que el riachuelo sigue corriendo entre las peñas.

—Señorita Altagracia, por allí viene la señora de Casalduero.

Las tres damas, en sillones de mimbre y con Amarilis a los pies de Elisa, se reunieron para la merienda que había preparado Fermina en el prado de la casa. En el festín no faltaban el chocolate en su punto y el bizcocho de avellanas, los picatostes, los bollos escoceses, los buñuelos de viento, y las confituras de moras, de grosellas y de ciruelas negras.

La brisa era suave y la temperatura perfecta.

—En ciertas circunstancias —dijo doña Clara—, hay pocos momentos en la vida tan agradables como la hora de la merienda.

No sé con exactitud lo que pudo exclamar doña Clara, pero tuvo que ser algo parecido a lo que dice Henry James en sus novelas cuando describe el té de la tarde en alguna apacible y encantadora jornada de primavera.

—Desde luego, mamá, y lejos de Madrid, qué delicia.

—Y lejos de tu padre por un ratito —suspiró doña Clara.

—Hablando de Madrid —dijo Altagracia—, Lidia de Retamar pasa unos días con unos amigos en una finca cerca de Benavente. Ha amenazado con venir a vernos alguna mañana.

Doña Clara se alegró.

—Qué maravilla, una visita. Porque tanto sosiego a la larga puede ser un poco cansino.

—Es que no hacer nada es agotador —bromeó Altagracia.

—Se me ocurre una idea —dijo Elisa—. Como los

cocheros se vuelven esta misma tarde porque mi suegro necesita el carruaje, le decimos a Damián que prepare la carretela y os lleve mañana a vosotras dos a Puebla de Sanabria. Así tú vas a misa de doce y Altagracia se entretiene un poco.

—Pero Elisa, ¿y tú qué vas a hacer? —protestó doña Clara.

—Tengo mucho que hablar con Fermina. Y además estoy entusiasmada leyendo el *Hiperión* de Hölderlin. No te preocupes, que no me aburriré.

—Ay Señor, Señor... No sé, no sé —salmodió y suspiró doña Clara—. No debe ser nada bueno para la salud leer tanto a esos autores exaltados. Ya sabes que tu marido no dice nada, pero tuerce el gesto.

Elisa pasó por alto el comentario de su madre.

—Y mañana por la tarde, Damián nos llevará a merendar a una venta pintoresca junto al río.

—Me parece, Elisita, que ya estoy mayor para ventas pintorescas. Habrá mosquitos.

—Más o menos como aquí —dijo Altagracia, vigilando de reojo el vuelo de una avispa.

—No es una venta cualquiera, madre, ya quisiera la Reina tener una cocinera como Aparecida.

—¡Aparecida! ¡Vaya nombre!

—Es portuguesa, y cuenta historias.

—A mi edad la única historia honorable es la Historia sagrada. Y aún así, únicamente puedo leer sin sonrojarme ciertos pasajes.

—También puedes quedarte en casa. Fermina te hará compañía.

Doña Clara alzó los hombros

—¿Aquí se crió el señorito Ricardo, verdad, Fermina? —preguntó la madre de Elisa a la guardesa que llegaba con una jarra de leche.

—Sí, señora, lo trajeron aquí de muy chiquito porque

le dieron unas fiebres y le recomendaron los aires del campo. Hasta los cinco años vivió aquí, con Damián y conmigo, como si fuéramos su familia. Los señores de Casalduero, los Casalduero mayores, los abuelos, quiero decir, y también los padres de Ricardo, venían por los veranos y las fiestas, pero el niño pasó con nosotros mucho tiempo.

Fermina se retiró sin hablar más y las señoras se quedaron al fresco viendo cómo la tarde se deshacía dócilmente hasta que se convirtieron ellas y el atardecer en la estampa de cualquier pintor de la época: paisaje rosado con tres damas vaporosas de merienda campestre.

La venta de la Bota de Oro, conocida por sus vinos y sus terrinas de hígado de oca con picadillo de trufa, se levantaba en la línea que dividía las tierras de Zamora y las de Portugal. Cazadores de la región, traficantes de frontera, clérigos de buen bocado, señoras de viaje a Bragança o a Vila Real, señoritos de naipe que se llegaban desde Astorga o Miranda de Douro, arrieros o nobles de las fincas cercanas, recababan en la posada de Benito Magdaleno y su esposa, la portuguesa Aparecida Nunes, para darse los grandes banquetes.

—Una alegría tenerla en esta casa, señora de Casalduero —dijo Benito Magdaleno.

Dos hombres con sombreros de artistas, sentados de espaldas, bajo la sombra de una parra, volvieron la cabeza al escuchar el nombre. Uno llevaba un pañuelo rojo atado al cuello y dibujaba en un cuaderno de pintor.

—Damián me ha dicho que están ustedes bien —dijo Elisa—. Cada vez que hacemos en casa el pan de cerezas, nos acordamos de Aparecida, pero no nos sale tan rico como el suyo.

—Siempre tan amable, señora. Y usted, Damián, ya no quiere nada con nosotros —dijo el posadero.

—Ya sabe, la finca. —Damián era hombre de pocas palabras.

Elisa obligó al guardés a sentarse con Altagracia y con ella y dejaron que el posadero eligiera los vinos de su cosecha y los mejores bocados de la temporada.

Aparecida no tardó en salir a saludar a las señoras. Altagracia y Elisa le rogaron que se uniera a su mesa, si tenía tiempo.

—Que Carmiña se ocupe de la cocina —dijo Benito.

—No faltaba más. Yo tengo que brindar con la señora de Casalduero —dijo la portuguesa.

—¿Por qué brindamos?

—Por la felicidad —propuso Altagracia.

—Sea —dijo la portuguesa.

—Por la felicidad —brindó Elisa.

Damián también alzó su vaso con timidez.

—Pues por aquí pasó una artista de circo que se llamaba Felicidad —dijo Aparecida—. Y fue de lo más desgraciada.

—¿Qué le ocurrió? —preguntó Elisa.

—Lo que les ocurre a las mujeres que andan corriendo el mundo a su aire.

Altagracia aprovechó la buena disposición de la portuguesa.

—Cuente, por favor.

—Era equilibrista, fíjense qué oficio más arriesgado, y decían que venía de por Valencia. Guapa hasta cansarse, sobre todo cuando se ponía unas medias tornasoladas de París y unas calzas de pirata, como de brillantina, tan ajustadas a los muslos que el cura de Puebla de Sanabria dijo que excomulgaría a todos los hombres que fueran a verla al circo. Sonreía todo el tiempo, incluso cuando estaba en lo alto del alambre. No parecía tener miedo a nada, se ve que era por su nombre: Felicidad. Siempre reía, como unas castañuelas.

—¿Y acabó siendo infeliz?

—Aquí vino un día, después de terminar la función, con un caballero portugués de campanillas. Eso se sabía por las trazas, y porque pedía todo con mucha educación y mucha firmeza al mismo tiempo. Por lo visto el caballero se enamoró perdidamente de Felicidad, y la equilibrista le prometió que dejaría el circo y se iría con él a su casa de Bragança. Así que abandonó los carromatos de los cíngaros y se marchó con el portugués de la noche a la mañana. Se casaron y todo. Pero al cabo de los meses, Felicidad tenía querencia del riesgo, no podía vivir sin el circo y se fugó de casa en busca de la caravana de titiriteros.

—Pero ¿ella no le quería al portugués?

—Le quería; sí, señora. Pero a veces se quiere y viene un aire y te dejas llevar por la ventolera. Y además, se ve que los volatines y los saltos mortales no se olvidan así como así. El caso es que Felicidad volvió a caminar por el alambre con aquellos pantalones de brillantina, y volvió a sonreír al público de los pueblos, y a recibir aplausos, y a dejarse invitar, cuando terminaba la actuación, por algunos galanes que seguían a los saltimbanquis de pueblo en pueblo sólo para verla.

—¿Y el marido?

—El marido no quiso ni mandarla a buscar. Se encerró en la casa envenenado de nostalgia, dejó de comer y dicen que no dormía y que se pasaba las horas borracho y atizando los fuegos de las chimeneas, invocando a todos los demonios por ver si ella se caía del alambre y volvía a casa en una silla de ruedas, para tenerla siempre a su lado.

—¿Y se cayó del alambre?

—¡Qué se va a caer! Ella era una volatinera de mucha

experiencia y parecía que tenía alas en los pies. No llegó a trastabillar ni de viuda, cuando la tristeza era tan grande que lloraba a lágrima viva al andar por la cuerda floja con los brazos en cruz y una pértiga para mantener la vertical.

—Pero ¿se quedó viuda?

—Al portugués le entró una maldad muy grande, y lo empezaron a atormentar los demonios, y decía que había espantos invisibles en la casa. Pero a todo esto, la equilibrista no sabía nada y le escribía a su marido cartas de amor, pidiéndole clemencia y diciéndole que iba a regresar a Bragança en cuanto él le enviara una palabra de perdón. Lo que ocurrió es que las cartas nunca llegaron a su destino.

—¿El marido no recibió las cartas? —preguntó Elisa.

—Pues no, las cartas no le llegaron, por la mala fe de una cíngara que no las despachó o por la lentitud del correo por esos pueblos malhallados o vaya usted a saber por qué. El caso es que el marido una noche bebió más de la cuenta y atizó con más furia las chimeneas de la casa. Ya saben que el fuego es muy traicionero, al fuego hay que tratarlo como a un cuchillo de doble filo, con la cabeza muy fría; total, que algo se prendió donde no debía y cundieron las llamas en un abrir y cerrar de ojos. No sirvieron de nada los esfuerzos de los criados y de todos los vecinos armados de cubos y mangueras. El fuego se extendió sin remedio y la casa ardió por los cuatro costados con el marido dentro.

—¿Y Felicidad?

—Cuando se enteró la equilibrista, los gritos se escucharon por toda la región. El llanto le cegaba los ojos día y noche, pero ella siguió encaramada al alambre porque decía que era su único consuelo.

Elisa sonreía, disfrutaba del vino, de los manjares que el ventero iba sirviendo, del cuento de la portuguesa, pero nadie podría imaginar a ciencia cierta en qué estaba pensando la señora de Casalduero.

—Pobre mujer, qué destino más negro —dijo Altagracia.

Pero todos en aquella mesa parecían alegres y los otros clientes se volvían a observar al grupo de las dos damas elegantes. Repicaban sus risas en la venta como si hubieran encendido todos los candiles a la vez.

Elisa daba largas caminatas con Amarilis, recogía brazadas de lavanda para los jarrones, leía a Hölderlin bajo los árboles, comentaba con su madre y Altagracia las cartas que llegaban de Úrsula desde los mares del Sur, acompañaba a Damián a ver los campos de labranza y descansaba mejor que nunca, sin los sobresaltos de Madrid, cuando dormía junto a Ricardo. Nunca se había sentido tan ligera y no quería ni pensar en regresar a casa. Ahora tenía tiempo para leer a sus anchas por las noches a la luz del quinqué, y la lectura de *Hiperión* le hacía pensar en Gustavo Adolfo. ¿Dónde estará la infinitud?, se preguntaba Elisa contagiada de las palabras del alemán. Si no se despierta mi corazón, estaré enterrada para siempre. Y sentía que algo nuevo alboreaba dentro de ella. He estado muerta. Dos años difunta y bajo mármol. Hablaba con la sombra del poeta. Hoy me he preguntado por qué no me fui contigo aquella noche. Y hoy he sentido tu aliento al despertarme. No me creerás, Gustavo Adolfo, pero vivo en una mazmorra con destellos de plata y grilletes de brillantes. Y hoy ya no puedo más. Buscar la muerte contigo sería mejor que morir en vida. Déjame que te recuerde las palabras de Hölderlin: *es mejor morir porque se ha vivido, que vivir porque no se ha vivido nunca*.

Y de pronto Elisa se regañaba a sí misma: estás loca, no habitas en la isla de Ayax, el mar no se despliega a tus pies, ni siquiera te han dejado ser escritora y Gustavo Adolfo acaso te haya olvidado.

—¿Qué haces Elisa?

—Escribo mi diario, madre.

—He visto el hilillo de luz... Apaga ya, hija, que cuando se duerme poco, salen ojeras.

Una mañana apareció Lidia de Retamar, en calesa y con calesero de librea. Altagracia y doña Clara no estaban en la finca.

—¡Ay! Elisa, qué hermosura de sitio. No me extraña que no quieras volver a Madrid. Qué alegría que estéis en casa, me temía que hubierais salido de paseo.

(Estaba tan feliz en mi soledad, Lidia, ahora tendré que hacer un esfuerzo para una conversación social. Qué pereza. Me agota tanto tu charla y tus chismorreos y tu vitalidad.)

—Mamá y Altagracia han ido al pueblo.

Lidia dijo en tono confidencial que prefería hablar a solas con ella. Abanicándose en el sillón del porche canturreaba para mostrar naturalidad. Elisa contemplaba el sombrero florido, preguntándose qué ideas anidarían bajo aquel sombrero.

—Sé que Altagracia y tú habéis estado una tarde en la venta de la Bota de Oro.

—Las noticias vuelan.

—Nunca podrías adivinar por quién me he enterado —sonrió infantil la señora de Retamar.

(Lidia, guapa, no estoy para acertijos, vete a saber, te habrás enterado por un arriero, por un marqués calavera, por una dama de rumbo, por un cazador de ciervos, por una pastorcilla que pasaba por allí, me trae sin cuidado.)

—Seguro que no lo adivino —dijo Elisa.

—Pues lo he sabido por Valeriano, el hermano de Gustavo Adolfo. ¿No te asombra?

(Me tengo que sujetar al sillón, vaya si me asombra, Lidia. Si me mirase ahora mismo en un espejo, vería cómo mi sangre se ha alborotado en las sienes y en los pómulos traicioneros. Tú sí que puedes ver mi rostro encendido, Lidia, por eso me miras con esa curiosidad morbosa.)

—¿Está Valeriano por aquí? —pudo articular Elisa.

—Estaba en la región tomando apuntes para unos cuadros sobre tipos populares —dijo Lidia de Retamar, con expresión solapada—. Cenó en casa de los condes de Astorga, mis anfitriones, y regresaba a Madrid justo al día siguiente. Me preguntó si yo conocía a la señora de Casalduero y si era posible que estuviera el día anterior en la famosa venta de Aparecida Nunes. Yo comenté que, en efecto, pasabas una temporada en vuestra finca de Sanabria, con Altagracia Carvajal, tu futura cuñada, y con tu madre, y me atreví a decirle, *sotto voce*, que antes de casarte con Ricardo habías tenido cierta amistad con su hermano Gustavo Adolfo. Espero que no te parezca una indiscreción. Debo confesar que dudé. ¿Se lo digo o no se lo digo? Y creo que hice bien, si a ti no te molesta, claro; ya sé que tú a esa amistad de juventud no le das más importancia que la que tiene, me hago cargo, porque el caso es que Valeriano, como comprobé más tarde, estaba al tanto de todo. Dijo que no te conocía personalmente, pero que al escuchar tu nombre al posadero de la Bota de Oro, recordó que Gustavo le había hablado alguna vez de ti. Al decir que ibas con otra dama joven y elegante, supuse que se trataba de Altagracia. En resumidas cuentas, querida amiga, el mundo es un pañuelo.

(¿Qué digo ahora? ¿Qué puedo decir? Si menciono el nombre de Gustavo Adolfo se me notará, pero si no lo menciono se me notará también. Lidia es rápida como una ardilla, no se le escapa ni un parpadeo.)

—A decir verdad —dijo Elisa—, no he vuelto a saber nada del poeta desde el recital del Círculo de Amigos de la Beneficencia... Aparte de leer sus artículos, claro.

Lidia se abanicó despacio, con misterio, como se abanicaban entonces las mujeres que estaban a punto de dejar caer una maldad o un cotilleo sabroso.

—Pero lo mejor es que, algo más tarde, tuve una conversación a solas con Valeriano en el jardín de los Astorga.

Elisa permaneció inmóvil y sonrió como una esfinge.

—¿Y es un hombre interesante, Valeriano?

—Descubrí que quería hablar conmigo de Casta Esteban. Hablar mal. Sincerarse, vamos.

—¿Casta? ¿Quién es Casta? —preguntó Elisa con infinito cinismo.

—La esposa de Gustavo Adolfo, querida. Ya sabes que él se casó con la hija de un médico y que tienen una criatura de un año.

(Si no te callas, Lidia de Retamar, voy a gritar. No quiero seguir escuchando. No quiero saber. No quiero pensar en Gustavo. No quiero imaginarlos juntos. No quiero oír el nombre de la mujer que duerme con él.)

—Sinceramente, Lidia, no me parece correcto que Valeriano hable mal de su cuñada, estando de visita.

—Hablaba en un *tête-à-tête* conmigo. En privado.

—Ni en privado.

—Es que no puede soportarla, Elisa. Dice que fue un matrimonio amañado por la familia de Casta para alejarla de un novio medio delincuente que tuvo en Noviercas. A Gustavo Adolfo, que era paciente del padre, le pusieron a la niña en bandeja; allí debió de haber poesía y algo más, y el pobre galanteador creyó que era su deber de caballero casarse con ella. Valeriano me dijo que imaginara a la persona más ignorante, más vulgar y más descarada. Y para colmo, parece que ella sigue buscando al de Noviercas, un matón al que llaman *el rubio*, casado, y con muchas cuentas pendientes con la justicia. Gustavo Adolfo ha sido víctima de la tal Casta y por lo visto está pagando cara su equivocación.

A Elisa, la sonrisa de esfinge se le fue helando poco a poco, mientras hablaba Lidia. Le temblaban las manos, y la limonada que había servido Fermina un momento antes, y de la que acababa de dar el primer sorbo, le pareció un veneno que le abrasaba la garganta. Con la mirada baja examinaba las uñas perfectas, tratando de decir algo que sonase indiferente.

—Tal vez Valeriano exagere.

Lidia se abanicaba ahora con el ritmo tenso de quien va a asestar un golpe maestro.

—Escucha, Elisa, Valeriano quiere con locura a Gustavo Adolfo. Dice que esa mujer está acabando con su hermano, que el poeta está desesperado y enfermo y que solamente sigue vivo por la literatura.

Elisa recibió la estocada.

(*Touché*. Me has matado Lidia de Retamar. Pero ¿por qué? ¿Por qué vienes a mi casa a decirme esto? ¿Por qué nombras la soga en casa del ahorcado? ¿Por qué no puedo escapar de mis cadenas? ¿Por qué me haces daño, Lidia? ¿Por qué no estoy con él para curarle, para amarle, para protegerle de esa esposa-bruja, de esa esposa-malvada, de esa esposa-madrastra? ¿Por qué?)

Los ojos se le llenaron de lágrimas. No había sido la esgrima de Lidia. Era la lástima por sí misma, la quemazón del lenguaje con que se atormentaba por dentro. Tal vez era mejor así. Mejor llorar, soltar el trapo, expulsar con el llanto tanto silencio, atreverse a llorar, a existir, por una vez, exhibir su dolor aunque fuera frente a Lidia de Retamar. Acaso Lidia no era tan mala amiga. Al menos ella había tenido la valentía, hacía ya mucho tiempo, de prescindir de un marido, siempre en lejanas misiones en las colonias, del que solamente llevaba el nombre.

—Lidia, ¿por qué has venido a contarme todo esto?

—Porque Valeriano me pidió que te lo contara. Creo

que él piensa que tú eres la mujer que hubiera podido salvar a Gustavo Adolfo.

Elisa se quedó pensativa.

—Ya no tiene remedio.

Lidia sugirió un paseo, antes de marcharse.

—La muerte es lo único que no tiene remedio —dijo la de Retamar con mirada impenetrable, presionando el brazo de Elisa en un arrebato de confianza.

Cuando Elisa se quedó sola, recordó que en los primeros días de su estancia en Los Manantiales había pensado que Ricardo y ella podrían empezar de nuevo. Pero también esa esperanza se había apagado de pronto, igual que un nubarrón maldito apaga con su luto un paisaje soleado.

Fue una tarde caminando con la guardesa. Fermina le preguntó por qué esperaban tanto para traer hijos al mundo.

—No han venido todavía, Fermina —dijo Elisa.

—¿No ha probado con incienso de álamo plateado y beleño, debajo de la cama, señorita Elisa?

—Pues no.

—¿Y no ha perfumado su camisón con esencia de ámbar, canela y cardamomo?

—Tampoco.

—¿Ni se dio masajes en el vientre con la pomada de lirio blanco de Cleopatra que le preparé la última vez?

—Se me olvidó.

—¿Y le ha danzado usted al señor, a la luz de una vela, perfumada de mejorana y hojas de mirto?

—No exactamente, Fermina. Debería usted publicar un consultorio sentimental en una revista de señoritas.

—¿De verdad no han comido los dos fresas silvestres regadas con vino dulce, antes de meterse en el lecho?

A Elisa le divertían los conjuros amorosos de la guardesa.

—No se me había ocurrido.

—¿Y no le ha dado al señorito Ricardo jugo de verbena con arguardiente para fortalecer el esperma?

—¡Fermina!

—¿Ni han fumado juntos el humo del amor?

—¿El humo del amor?

—Un pellizco de flor de adormidera, un puñadito de polvo de amapola, una cucharadita de flor de cáñamo y una pizca de tabaco turco. Se mezcla todo y se fuma como un cigarrillo. Es un hechizo para los que desean noches de caricias sin fin.

Elisa se echó a reír.

—No creo que funcione. Mi marido es de los que se duermen enseguida.

—¿Y las pesadillas?

—Las pesadillas siguen, Fermina. Él no quiere ni hablar de ello.

—¿Todavía grita ese nombre?

—Sí, Fermina.

—¿Siempre el mismo nombre?

—Siempre Valentín.

Fermina había dicho mil veces que no sabía nada de Valentín. Nunca había reconocido que estaba al tanto, que Valentín murió en la comarca, cerca del mismo río por cuyas riberas ella paseaba con Amarilis. Nunca hasta ese día. Elisa vio que la expresión de Fermina cambiaba, vio que echaba un vistazo rápido a su alrededor para comprobar que estaban las dos solas. Pero ahora se lo dijo. Le dijo que recordaba muy bien aquel verano.

Ricardo era un niño de doce o trece años. Ya por entonces le gustaba cazar. El abuelo le consentía todo. Valentín era el mejor amigo de Ricardito Casalduero. Un mozalbete algo mayor que él, hijo de un labrador que poseía buenas tierras cerca de Los Manantiales. Valentín montaba a caballo como un aventurero, se peinaba para atrás una melena de rizos castaños y le pedía a su madre que le hiciese camisas de seda blanca con gorgueras. Tenía estampa de príncipe. Un príncipe hijo de campesinos, de quince años. Hubiera llegado lejos, recordó Fermina. Hubiera podido ser bandolero, revolucionario, navegante, general, hasta diputado de las Cortes, como el señor Casalduero. El señorito Ricardo lo imitaba en todo. A los dos chicos les gustaba Mari Valle, la sobrina del cura de Sanabria.

Fermina había evitado mirar de frente a Elisa. Se fijaba en el mandil hasta los tobillos y luego paseaba la vista por las colinas lejanas. No fue Ricardo, señorita, dijo entonces, clavándole los ojos como si quisiera convencerla y convencerse a sí misma. Aunque las gentes del pueblo murmuraron que el joven Casalduero estaba celoso y que los celos nublan la cabeza de los hombres, aunque sean muchachos. Pero si quiere que le sea sincera, nadie supo bien qué pasó. Es cierto que Mari Valle se inclinaba por Valentín, y que Ricardo los vio una tarde a los dos montados a caballo. Ella abrazada a la cintura de él. Eso lo sé, porque yo estaba junto al señorito Ricardo cuando los vimos subir por la loma.

Elisa se quedó quieta, se le cerraron los ojos y no veía nada. Era un topo errando por túneles oscuros. Pensó que no podía ser verdad, que aquello era un sueño, estaba dormida, se había quedado dormida en el prado después del almuerzo y ahora soñaba que Fermina le contaba aquella historia.

Pero Fermina habló todavía un poco más. Le contó que un día salieron los dos chicos a cazar un zorro que se había visto por los alrededores y que Valentín no regresó nunca. Se dijo que había sido un accidente, que a Valentín se le disparó la escopeta al caer del caballo. Hubo una investigación. El abuelo Casalduero trajo a los mejores abogados de Madrid y se escribieron unos informes de muchos legajos que dejaron a Ricardito libre de toda culpa. Ricardo no tuvo nada que ver, señorita Elisa, pero los rumores lo persiguieron durante un tiempo, hasta que los padres de Valentín se fueron de esta región y todo quedó sepultado para siempre.

Es mejor que olvide lo que le he dicho, señorita, dijo entonces Fermina. Olvídelo como lo hemos olvidado todos, como el señor Casalduero lo ha olvidado, aunque en las tinieblas del sueño tenga que convivir con su muerto. A veces los muertos, si no se lloran lo bastante, si no se entierran bien enterrados, después de recordar el amor que les tuvimos en los días buenos, se quedan dentro del cuerpo de los vivos y se llevan arrastras como las bolas de hierro de los presos.

Elisa hubiera querido en ese momento aspirar el humo del amor, un pellizco de flor de adormidera, un puñadito de polvo de amapola, una cucharadita de flor de cáñamo, volar lejos de allí, no conocer a nadie, caminar por las calles de una ciudad desierta, andar ligera, sin ropajes de plomo, con un vestido sencillo de campesina, correr hacia una casa cualquiera, o no, mejor correr hacia Gustavo Adolfo, ¿dónde estaría?, olvidarlo todo en sus brazos, danzar desnuda para él perfumada de mejorana y hojas de mirto, borrarlo todo con la fuerza punzante de su acometida, comer con él en la cama fresas silvestres regadas con vino dulce, beberse entonces las bocas con sabor a fresa, reconocerse palmo a palmo con los dedos pegajosos de vino, y dormirse, cuerpo contra cuerpo, después de una larga noche de caricias.

Mejor sería morir con Gustavo Adolfo, que vivir con Ricardo, pensó Elisa.

Fermina vio cómo la señora de Casalduero se oscurecía y luego empezaba a brillar con una luz que no barruntaba nada bueno. La guardesa se mortificó: cien veces condenada por picolargo, pensó.

—Tiene que perdonarme, señorita. No se lo tenía que haber contado.

—Está olvidado, Fermina. Nunca jamás volveremos a hablar de ello.

También Lidia de Retamar prometió no mencionar jamás la conversación que acababan de tener. Demasiados secretos para el pecho de Elisa del Castillo.

Si a Gustavo Adolfo le ocurre algo, escribió Elisa unas horas más tarde, me despeñaré por un barranco.

Las heroínas románticas tendían a los gestos desesperados, entre otras cosas, porque se respiraba muy mal bajo aquellos corsés y vestidos que hacían un frufrú elegante, pero que comprimían las costillas. Hoy en día casi ninguna mujer tiene ganas de morir por amor. Si las cosas se ponen feas, las heroínas modernas respiran hondo y salen adelante como pueden. Pero la tatarabuela Elisa, empiezo a sospechar, fue romántica hasta el final. Dijo que no podría vivir sin Gustavo Adolfo y, según cuenta mi madre sin contarlo del todo, hablaba en serio.

9

¡Ojalá fuera un sueño
muy largo y muy profundo,
un sueño que durara hasta la muerte...!
Yo soñaría con mi amor y el tuyo.

Estaban paseando, Elisa y Altagracia, por los prados, cuando una calesa se detuvo en la avenida que llegaba hasta las caballerizas. Un cochero con levita de caza, nariz larga y brazos cortos, entregó a Fermina una invitación de los condes de Astorga, para un baile de gala en su finca de Benavente. Según el mensaje adjunto de Lidia de Retamar, sus amigos estaban deseando conocerlas a las tres. No podía saber que doña Clara había regresado a Madrid hacía pocos días, porque Teodoro del Castillo la reclamaba en el hogar. En la misma nota Lidia decía que un carruaje de los Astorga vendría a buscarlas a las seis y media y las regresaría a casa después de la fiesta.

A partir de ese momento todo fueron nervios. No hubo tiempo para pensar en otra cosa. Elisa y Altagracia se preguntaron si habían traído vestidos presentables para un baile. Los armarios empezaron a ser examinados con atención. Almudena y Tina fueron reclamadas para abrir sombrereras, airear chales, planchar encajes y revisar medias. Elisa tenía un pálpito extraño y se lo dijo a Altagracia:

—Sea como sea, tenemos que ir.

—A lo mejor ha regresado Valeriano.

—Preferiría no tropezarme con él.

—¿Y si apareciera Gustavo Adolfo, sabiendo que tú estás aquí, a solas con tus suspirillos germánicos y sin marido?

—No digas bobadas.

—Estoy empezando a conocer las jugadas de Lidia de Retamar —dijo Altagracia.

A Elisa le temblaron los tirabuzones. Abrió una cómoda y se puso a rebuscar entre los collares, de espaldas a su amiga. Habló sin volver la cara.

—No quiero ni pensar en eso. De todos modos, no me perdería este baile aunque tuviera que ir con una túnica de la Roma Imperial. Quiero beber champán, olvidarme de todo y retar a los desconocidos con la mirada seductora de un pájaro exótico.

—¿Cómo miran los pájaros exóticos?

—No tengo ni la más remota idea, pero los escritores no suelen ser más específicos: *aquella mujer miraba como un pájaro exótico*. No entran en más detalles.

—Pues para ser pájaros exóticos, estamos fatal de plumaje. Hay que pensar en la ropa. ¿Qué hacemos?

Y se pusieron manos a la obra, con la ayuda de Fermina. La guardesa sugirió mirar en los arcones de la abuela de Ricardo. La señora de Casalduero mayor, como la llamaba Fermina, había sido una mujer de sonrisa generosa, talle breve y hombros revoltosos, a juzgar por el retrato de cuerpo entero que presidía uno de los salones de la casa.

Las habitaciones de los abuelos Casalduero permanecían siempre cerradas, en un ala del segundo piso que Elisa únicamente había visitado una vez y de puntillas. Fermina se ocupaba de ellas personalmente, y alguna vez le había preguntado a Elisa por qué no renovaba aquellas estancias en las que el tiempo se había detenido.

Elisa decía que más adelante, pero a decir verdad, Ricardo Casalduero era poco aficionado a los cambios.

Ahora, al entrar en la recámara de Gertrudis de Casalduero, a Elisa le pareció escuchar la música de un piano. Sintió el aroma de flores frescas y pensó que allí había vivido una mujer alegre. Recordó los monstruos de las últimas noches y pensó que ella estaba extraviada, enganchada a un sedal desquiciado, dando tumbos a tontas y a locas, una Ariadna tragando polvo en el laberinto (aunque polvo enamorado), legañosa, mareada y un poco pánfila. Todo por culpa del infortunado matrimonio de Gustavo, por culpa de las telarañas de muerte que empastaban las pesadillas de Ricardo, por culpa de los abismos de Hölderlin y de la tardanza del correo que no traía cartas de tía Úrsula, desde las playas hirvientes de los trópicos. Pero al abrir la puerta de aquella habitación le salió al encuentro un repiqueteo de risas. Sintió pasos rápidos sobre la madera, el crujido de sedas al desplazarse de un lado a otro. Percibió el olor de la felicidad. Aquel olor tan limpio parecía reclamarla, se veía atraída por una fuerza que la empujaba a entrar a una casita de chocolate, con el tejado de lenguas de gato, las puertas y ventanas de bastoncillos de caramelo.

Llegó Altagracia:

—Vamos a abrir uno de estos arcones.

Elisa estuvo de acuerdo. Empujaron la tapa hacia arriba, escucharon el crujir de los goznes y el arcón puso a su alcance trajes de otra época envueltos en papel de seda.

—Sólo nos falta la varita mágica y que la calabaza se convierta en carroza —dijo Altagracia.

—Tenemos la carroza de los Astorga. Lo difícil es encontrar al príncipe encantado —respondió Elisa.

—Y a ti, ¿qué traje te gustaría más?

—Uno de esos que hacen que todos los caballeros del teatro claven sus ojos en un determinado palco.

—Imposible, Elisa, porque luego nunca te atreves.

—Me atreveré.

No olía a ropa encerrada mucho tiempo, todo lo contrario, el aire se llenó de un aroma suave, muy fresco. Parecía que una mujer con un perfume delicioso acababa de entrar en la habitación.

Elisa oyó de nuevo los pasos, como en un vuelo. Ahora también los escuchó Altagracia.

Las dos volvieron la cabeza hacia atrás.

—Pensé que era Tina —dijo Elisa.

—No hay nadie.

Y sólo entonces sacaron aquellos vestidos de tafetán, de terciopelo y raso, adornados con encajes y pedrería y los extendieron para mirarlos sobre un diván.

—¿Sabes a qué huelen estos vestidos? —preguntó Elisa.

—No sé, huelen muy bien. Huelen a un baile en París.

—A felicidad —dijo Elisa—. Estoy segura de que la abuela de Ricardo fue una mujer feliz.

—Y también huelen a vida acomodada, a tranquilidad económica. Los tejidos buenos huelen siempre a dinero.

—No es sólo eso —protestó Elisa—. Es el aliento invisible de alguien que se trataba con cariño y era amable con los demás. Conozco a campesinas que huelen igual-

de bien. Y también conozco a muchas arpías ricas que huelen a pura maldad, por mucho perfume francés que se pongan encima.

—Creo que tía Úrsula tenía ese mismo olor a espliego —dijo Altagracia.

—¿Sabes qué me respondió tía Úrsula cuándo le pregunté un día cuál era su secreto para conservarse tan joven?

—No sé. ¿Qué te dijo?

—Me dijo que solía hablar consigo misma en los espejos. Como si tuviera una amiga íntima al otro lado. Nunca reñía con su doble. Por ninguna razón le recriminaba nada a su sombra. Jamás se enfadaban la una con la otra.

—Es decir, que tía Úrsula se negaba a flagelarse frente al espejito espejito y no se lanzaba insultos espantosos como hacemos el resto de las mujeres.

—Eso es —replicó Elisa.

Altagracia se encasquetó un gorro puntiagudo, sin dejar de reír.

—¿Por qué crees que nos ha hecho tanta ilusión este baile?

—Porque aquí nadie nos conoce, salvo Lidia, y podemos imaginar que somos otras distintas de las que somos.

—¿Te gustaría dejar de ser la que eres?

Elisa asintió, mientras se probaba un vestido blanco con perlas en el atrevido escote, y una caída en pliegues desde el corte imperio que realzaba el pecho y le daba el aire de una dama de la corte napoleónica.

Altagracia la miró boquiabierta.

—¡Vaya! ¡Es el traje de noche más bonito que he visto en mi vida!

Elisa dio vueltas hacia la luz como un girasol y comenzó a sospechar que aquel perfume prometía algo nuevo.

—Me gustaría no tener identidad. Ser sólo la mujer que luce este vestido para empezar dentro de unas noches una vida distinta.

—Que suenen los violines y empiece el baile —respondió Altagracia.

Elisa se dejaba mecer por la música. Los caballeros la cortejaban con las copas de cristal de Bohemia en las manos aristocráticas o plebeyas. Dedos largos de oficiales de caballería ligera, de atractivos caciques coloniales, de barones rusos con las sienes plateadas, o dedos ásperos de contar los billetes de las ventas de las tierras y las ganaderías. Dedos que se deslizaban imperceptiblemente por la espalda desnuda de Elisa, dedos escurridizos como cazadores furtivos, cuando la abrazaban al bailar.

—¡Vaya diosa! —había murmurado el conde de Astorga, que no estaba ya para muchas juergas.

—¡Sí, señor! —exclamó un amigo del conde, que como él disfrutaba de posesiones en las Antillas—. ¡Bebamos por la eterna belleza de las señoras!

—¡Eterna! —rió la condesa—. ¡Eso me dice mi peluquero cuando a mi edad se empeña en peinarme a la moda!

Stanislav Yurkievich, un diplomático ruso que se hacía llamar barón Yurkievich, con afición a las cosas de España, plantaciones azucareras en Cuba, negocios con los Astorga y palacete en Londres se unió al brindis.

—Más seguro brindar por las bellas, que por el largo gobierno del marqués de Miraflores. En cuanto a Isabel II se le mueva la peineta, se acabó Miraflores.

—O se le tuerce la toca a la monja de las llagas. La reina no da un paso sin la bendición de sor Patrocinio.

—Dicen que O'Donnell conspira para volver —dijo el de Astorga.

—También conspiran Ríos Rosas, Mon y Narváez. Aquí hay más conspiradores con ganas de estatua a caballo que ciudadanos de a pie.

—No es educado hablar de política en un baile —regañó Lidia de Retamar.

—Lidia, tiene que presentarme a Elisa del Castillo —dijo el barón Yurkievich.

—Y a mí —se apuntó Segismundo Barbosa, un Tenorio portugués.

—Es un verdadero ángel —dijo el hacendado antillano.

—A mí se me corta la respiración sólo de verla —suspiró un caballero de cien años.

—Es el escote —dijo guasón el conde de Astorga.

—No es eso, Señor Conde —replicó el carcamal—, es que sufro de ahogos.

—He oído que Teodoro del Castillo ha invertido en el ferrocarril metropolitano de Londres —dijo un terrateniente de Zamora.

—No me verán a mí en uno de esos trenes bajo tierra.

—El padre de la señora de Casalduero tenía buena mano con O'Donnell. Es de esos que siempre saben dónde poner las onzas para que se multipliquen por mil —dijo un primo del marqués de Vilches.

—Sobre todo si el ministro de Fomento te sienta en el Consejo de Administración de la Compañía de los Caminos de Hierro del Norte y te permite hacer negocios con los equipamientos de los trenes —terció un ganadero de la comarca, con cara de tener muchas reses.

—Y además tiene acciones en la Sociedad Mercantil y es uno de los hombres fuertes en Madrid de los banqueros Prost que se han hecho con la concesión de las líneas ferroviarias andaluzas —remató el de Astorga.

—¿Y el marido? —indagó Stanislav Yurkievich.

—Abogado y diputado de la Unión Liberal.

—Un sin sustancia que ha heredado el patrimonio de su abuelo —susurró el terrateniente de Zamora.

—Vamos, vamos, saquen a bailar a las damas —animó la anfitriona.

—¿Han llegado los de Madrid?

—Todavía faltan muchos invitados.

La condesa de Astorga saludó a una dama entrada en años, que balanceaba la amplia falda como un barco sobre las olas.

—¡Marquesa!

—¡Condesa!

—Estaremos más frescas en la terraza.

Elisa del Castillo y Altagracia Carvajal no habían dejado de girar al compás de los violines, bajo las arañas iluminadas del salón de baile de los Astorga. No quiero pensar, no quiero pensar, se decía Elisa. ¿Quién será ese señor tan alto con las sienes plateadas? Parece extranjero. Me mira como si yo fuera una hoja que cae flotando desde un árbol. Me ve caer, lo sabe, sabe que floto mientras bailo con este joven oficial de caballería, condecorado en la guerra de África. Me habla con admiración del teniente general Prim, marqués de Castillejos y conde de Reus. El joven oficial no se atreve a mirarme a los ojos. Es guapo. Yo miro sus patillas y me río cuando no tengo que reírme, porque justo ahora me está hablando de la batalla sangrienta de Wal-Ras, cuando derrotaron a las fuerzas de Muley-el-Abbas. Botas altas, pantalón marfileño, muslos de mármol, banda cruzando el pecho, condecoraciones como estrellas sobre el uniforme de gala, estupendos pectorales, dientes pequeños. ¿Cómo puede acercarse tanto sin tropezar con mi vestido? ¿Quién será ese caballero alto, tan elegante? ¿Cuántos años tendrá? ¿Treinta y cinco? Ahora baila con Lidia de Retamar. Qué bien baila. Lidia me hace un gesto de saludo. Él me sonríe. Seguro que Lidia me lo va a presentar. El joven oficial de la guerra de África quiere que sigamos bailando en la terraza. No puede ser. Le digo que tal vez me resfríe. La orquesta acaba de hacer un descanso. Desde luego que quiero más champán. ¿Dónde está Altagracia? Los caballeros me miran con aprobación. He pasado el examen de varios tribunales de ojos escrutadores. ¿Por qué tendrán siempre que aprobarnos los caballeros?

Unas horas antes, a las cinco de la tarde, delante del espejo de su dormitorio, a Elisa la fulminó la certeza de que aquel vestido no era apropiado en absoluto. Demasiado estrecho, demasiado descocado, demasiado sensual, demasiado demasiado. Pensarán que soy una cortesana o una afrancesada o una danzarina o una actriz o una princesa húngara destronada. Creerán que soy una aventurera o una mujer desesperada o una mantenida o una espía o una suripanta venida a más. Me mirarán los hombres melancólicos y los calaveras y los tarambanas y el primer violín de la orquesta con ojos turbios. Tina, este moño es demasiado parisino, ha quedado muy altivo, hay que bajarle los humos. ¿El tocado de plumas y perlas? ¿No es un poco exagerado? Me señalará un mariscal y un esclavista del Caribe y un cacique castellano y un duque achacoso y un lacayo con casaca colorada y un científico de barba hasta el pecho. No voy. Le diré a Altagracia que no voy.

Pero al final Elisa había venido y atravesaba el salón de baile de una esquina a otra igual que si estuviera flotando en agua caliente. Nadaba entre los abrazos de los caballeros que la sacaban a bailar. Nadaba de uno a otro, desplegaba sus brazos largos y flotaba y sonreía tras las frases corteses, las historias heroicas, los recuentos de grandezas, los comentarios sesudos, las zalamerías. Estaba sonriendo y nadando en aquella pecera gigante cuando le presentaron al barón Stanislav Yurkievich y sintió que él besaba con suavidad la punta de sus dedos.

—Soy de San Petersburgo. —Y la tomó del brazo para bailar.

Sienes plateadas, ojos audaces, pliegues de libertino en las comisuras de la boca, sonrisa tímida, de las que se fingen para ocultar otra más cínica, frac inglés, piernas elásticas, se inclinaba sobre Elisa al bailar, demasiado cerca, demasiado cerca, como si fuera a besarla de un momento a otro, pero no, seguía el paso, se alejaba un poco más para atraerla más tarde, quiebros de profesional, él también nadaba en la pecera, nadaban los dos al ritmo de los violines.

—Barón Stanislav Yurkievich —repitió Elisa—. Parece un nombre de novela.

—¿Por qué no me llama Stanislav, señora de Casalduero?

—Barón —dijo ella—, ¿por qué no me llama Elisa?

—Si usted me llama Stanislav.

—Stanislav —susurró Elisa, y parecía que había dicho una palabra mágica.

La música seguía sonando y en el centro del salón Elisa y el barón flotaban entre las plumas de los tocados de las damas y los destellos de las arañas, iluminando el baile.

—Elisa, su marido es un hombre con suerte. Pero no debería dejarla a usted sola en el campo tanto tiempo.

—En la naturaleza hay pocos peligros del tipo que usted sugiere —dijo ella, sonriendo amablemente.

—La naturaleza, querida amiga, está llena de peligros.

Stanislav la estrechó con más fuerza.

—¿De veras? —preguntó Elisa.

—¿Ha leído a los poetas arábigo-andaluces del siglo XII?

—¿No hubo un Ben Farach de Jaén, que escribió el *Libro de los huertos*?

—¿Lo ve, Elisa? Contra lo que usted cree, la naturaleza está llena de tentaciones. Las escenas de amor más sensuales del pasado tenían lugar en un vergel, en jardines nocturnos, junto a ríos de miel.

Elisa hacía esfuerzos para no reposar su cabeza sobre el hombro del galán ruso.

—¿Ríos de miel?

—*Detente junto al río de la Miel, párate y pregunta*. Lo escribió Ben Abi Ruh de Algeciras.

Elisa giró con el vals y tardó en reconocerse al ver unas pupilas brillantes reflejadas en un espejo del salón.

—Me parece que usted sabe muchas cosas, Stanislav.

Mientras bailaban, el ruso nunca apartaba sus ojos audaces de los de Elisa: ojos de hipnotizador, ojos de serpiente, ojos de zorro al acecho, ojos de felino a punto de arañar o besar.

—Lo sé todo.

—¿Tanto? —preguntó Elisa, mirándolo sin pestañear.

—Pero al abrazarla a usted, me he olvidado de casi todo. Y usted, señora de Casalduero, ¿sabe usted mucho?

—Prefiero no saber nada —rió Elisa.

Y seguían girando y flotando, hasta que ella detectó en la sala el bullicio de un grupo que acababa de llegar. Señoras animadas y hombres solemnes. Saludaban a los de Astorga. Algunos se incorporaban al baile. Aquel caballero de la barba negra, aquel caballero de la barba negra se quedó petrificado en una esquina, sin poder creer lo que estaba viendo; cuando ganó otro ángulo del salón, cuando apretó los dientes, cuando cabeceó inquieto a una dama, el caballero de la barba negra supo que tenía que resignarse a la evidencia: con todo el descaro, el barón Stanislav Yurkievich se tragaba con los ojos a Elisa, mientras la estrechaba entre sus brazos, girando y girando.

Lo han adivinado. Era él, y la tatarabuela se quedó helada cuando Gustavo Adolfo hizo una señal imperceptible de saludo. El poeta contempló la sorpresa reflejada en el rostro de Elisa. Ella devolvió el saludo con un gesto mínimo. Stanislav notó cómo Elisa temblaba y se escabullía de sus brazos del mismo modo que un espíritu sale misteriosamente de un cuerpo, aunque él todavía no la había soltado.

La orquesta atacó un rigodón. Hubo un tumulto. Lidia de Retamar se llevó al barón Yurkievich para mostrarle la Galería de Retratos. Altagracia pidió a una dama de pecho poderoso que entonase un aria en cuanto acabase el rigodón. El oficial de la guerra de África y otros caballeros achispados jalearon la idea. Jovencitas de alcurnia bailaban el rigodón con negociantes ultramarinos y ganaderos de fortuna. Los papás aristocráticos con las bolsas vacías necesitaban la plata de la burguesía emergente y los burgueses adinerados soñaban con bordar en sus pantuflas los escudos de las señoritas de alcurnia. El potentado antillano y otros potentados fumaban puros y se perdían en el horizonte de los escotes. Las marquesas cotorreaban con las condesas. El Tenorio portugués se había concentrado en una damisela de Valladolid. Los condes de Astorga atendían a todos los frentes. El primo del marqués de Vilches discutía de política con el terrateniente zamorano. Los mayordomos servían copas y los lacayos abrían y cerraban puertas, como en una comedia de enredo. La terraza estaba tan animada como el salón de baile. Algunas parejas paseaban por el jardín, otras se atrevían a ir más lejos, hacia el boscaje de la finca. Nadie hacía caso a nadie y en aquella confusión desaparecieron Elisa del Castillo y Gustavo Adolfo.

De golpe, se había olvidado del barón. El hombre que ahora la abrazaba junto al riachuelo era el único hombre de su vida. Oían la orquesta a lo lejos. O ellos creían escuchar un rumor de violines. No había nada que explicar. Nada que preguntar. No se sabía cómo, pero Gustavo había conseguido una botella de champán y dos copas. Bailaban, bebían y se besaban entre los árboles. Él acarició el cuello de Elisa y la estrechó con fuerza. Ella sintió el aliento de Gustavo Adolfo, y lo describió como un aliento burbujeante de champán helado.

—Nunca habíamos bailado juntos.

—Nunca habíamos estado tan solos.

—Ni tan a oscuras.

—Está la luna.

El poeta la quería desmayada entre sus brazos y la rendía con cien manos y un arsenal de palabras.

—Me embriaga tu perfume, Elisa... *Cargada de perfumes y armonías, la dulce Ofelia, la razón perdida, cogiendo flores y cantando pasa.*

—¿Crees que he perdido la razón, como Ofelia?

—Los dos hemos perdido la razón.

Elisa tenía miedo. Él había empezado a acariciar su pecho, tan a flor de escote, con el vestido imperio. Todavía estaba a tiempo de dejarlo todo. Una parte de Elisa se defendía: se acabó, es imposible Gustavo Adolfo. Pero su cuerpo le decía: corre con él desnuda bajo las nubes. Es una noche de mayo. No llevas corsé, ni crinolina. Bendito vestido napoleónico. Benditos cuerpos volcánicos. Benditos besos selváticos. Bendito poeta con boca acuática, ojos fúlgidos, palabras crípticas. Déjale hacer. Déjale que te posea ahora mismo, en el río de la miel.

Seguían abrazados, pero no había música. Los dedos expertos y la boca de Gustavo Adolfo explorando el cuerpo de la mujer que amaba.

—Vas casi desnuda, la seda se pega a tu piel como las enaguas de una campesina.

—Soy una campesina.

A Elisa le gustaba sentirlo sobre ella, los dos ahora en la hierba fresca. Respirando nerviosos, los dos nerviosos como adolescentes, hambrientos como adolescentes, apartando chaquetas y vestidos de pedrería como adolescentes ávidos y pendencieros.

—Desnuda como una ninfa.

Él llegó con un embate seco al interior de Elisa. Gustavo Adolfo era delgado, pero con más fuerza de lo que parecía. Encontró su sitio sin vacilar, sosteniéndose sobre ella con una elasticidad felina, moviéndose muy despacio, con furia y con dulzura, dejando que Elisa le sintiera por dentro, mientras con sus dedos de poeta acariciaba los pétalos que nunca había buscado Casalduero. Elisa rogó que aquel placer y aquel apogeo de pétalos durara toda la eternidad. Él fue empujando más y más profundo dentro de ella. Le susurró a Elisa que en su cuerpo olvidaba las fatigas del mundo. Y ella le dijo que podría morir en aquel oleaje. Y el poeta dijo que iba a estallar. Y ella dijo que todos los mares se habían desbordado. Ay, los pétalos. Los dos gritaron sin grito, como si tuvieran las bocas contra una almohada de plumas, y gozaron con un estremecimiento idéntico. Cada uno repitió el nombre del otro como podían haber dicho: ¡Romeo! ¡Julieta!

Elisa supo que aquel lecho de hierba y aquel placer que nunca había descubierto antes y aún le recorría el cuerpo y las hogueras que brillaban al otro lado del río y la alta luna y la lejana estrella, aquel paisaje y aquella noche se quedarían tatuados en su memoria para siempre.

—¿Lees mis leyendas?

—Las leo.

—¿Leíste *La Venta de los Gatos*?

—Sí.

—¿Recuerdas que el hijo del ventero se volvió loco cuando vio que era su amada la joven que iba muerta en el ataúd?

—Lo recuerdo.

—El pobre muchacho, en su locura, cantaba una copla terrible.

Elisa lo miró y vio que sus ojos eran dos luciérnagas tristes en la oscuridad. Ella recitó:

—*El carrito de los muertos*
pasó por aquí,
como llevaba la manita fuera
yo la conocí.

—Yo me despertaré entre malvas si no te vuelvo a ver.

—¿Entre malvas?

—En el otro barrio.

Elisa se arqueó sobre el cuerpo de Gustavo Adolfo, calló su boca con una fontana de besos y no le permitió que siguiera hablando de asuntos fúnebres.

Veinte minutos después al poeta se le escapaba una declaración muy prosaica:

—Te lo haría un millón de veces, Elisa.

—Llámame sólo amor, y me bautizaré de nuevo.

Él buscó una idea feliz, para competir con Shakespeare. Pero no se le ocurrió gran cosa.

—Reverberas desnuda en medio de la noche, amor.

No hay más que fijarse en la letra redondilla de la tatarabuela, engalanada esos días con dibujos de asteriscos y soles y unas cascadas nerviosas en los márgenes, como lluvias de estrellas, para entender que, en ese momento, ella se imaginó reflejada en el resplandor de las bengalas de los cazadores furtivos, en los braseros que encienden los gitanos en el círculo mágico de sus carromatos, en las chispas del fósforo fantasmal de los cementerios, en el halo de los quirománticos que leen las manos de pueblo en pueblo, en las fogatas de los huidos de la justicia, en las auroras boreales, en la lumbre de los mendigos y las vagabundas, amontonados bajo los puentes, en las luces de artificio de los hipnotizadores de pacotilla, en las llamaradas de los psíquicos lúdicos, en las linternas azules de los embaucadores de víboras, en las mallas fosforescentes de las volatineras, en las aguas turquesas de tía Úrsula, en el lucero de los exploradores de las tierras australes, en el polvillo luminoso de las hadas sin alas y en el brillo sin brillo de los líricos lunáticos. Pensó que ella tampoco pertenecía del todo a ningún lugar. Era libre y estaba atada al mismo tiempo, pero sentía un calor que no había sentido nunca.

10

Olas gigantes que os rompéis bramando
en las playas desiertas y remotas,
envuelto entre la sábana de espumas,
¡llevadme con vosotras!

Ricardo Casalduero llevaba varias horas encerrado a cal y canto en el despacho para memorizar el discurso que iba a pronunciar dos días más tarde en las Cortes. Elisa había acostado a su hijo Alejandro, lo había abrazado con la rara premonición de que algún día dejaría de verlo para siempre y contaba los minutos que la separaban del encuentro con Altagracia y su hermano Claudio. Vendrían a tomar café después de la cena, como solían hacer desde el momento en que se casaron, aunque las tertulias se habían espaciado cada vez más con el nacimiento de los gemelos y desde que Isabel II cruzara la frontera francesa hacia el exilio. Para Elisa esas reuniones compensaban la monotonía de su vida matrimonial. Aunque Ricardo, la mayoría de las veces, decía que estaba cansado y se iba a dormir.

Gustavo se había separado de Casta y vivía en Toledo con su hermano Valeriano y los hijos de ambos. Su salud se deterioraba a pasos de gigante, como si los versos y el hambre se tragaran las mejillas de los poetas pobres, mientras Elisa resistía en silencio aquel amor secreto, que era su felicidad y su desgracia.

Trataba de pensar en otra cosa y leía los *Cantares gallegos* de Rosalía de Castro, has de cantar meniña gaiteira, has de cantar, que me morro de pena; envidiaba a la escritora gallega y recordaba sus circunstancias de hija de madre soltera y de un presbítero de la Catedral de Santiago. Había llegado a ser escritora pese al sarcasmo de sus colegas masculinos, y pese a reconocer que los hombres miraban a las literatas peor que mirarían al diablo. Pero la gallega había tenido agallas para ponerse el mundo por montera y publicar. Elisa pensaba que ella no había sabido zafarse de una boda bien cocidita al horno, bien aderezada por Teodoro del Castillo, fulgores de diamantes, un hogar reluciente, un marido de espaldas anchas y voz pausada, cientos de flores de novia blancas, agusanadas como las anémonas de las niñas muertas. Quedé apresada en el tafetán, perdida en este mundo de falsos destellos, atrapada por los deseos de mi padre, enmarañada en las mentiras de una sociedad que todo lo condena y luego cierra los ojos cuando quiere, se decía Elisa. Un rasero para la Reina y otro para las damas de la corte y otro para las señoras de postín y otro para las asalariadas y aún otro para las pobres desgraciadas que viven en las calles o en los asilos de caridad.

No sé cómo me cayó encima el amor de un poeta. Me cayó sin buscarlo, igual que caen las estrellas o los milanos que vuelan con el viento. Algo inevitable. Un amor que soltó mi lengua y dejó mis ventanas abiertas para que entraran bocanadas de oxígeno. No hay pecado a su lado, no hay miedos, no hay soledad. Pienso en otras mujeres que han quedado sepultadas por la inercia en sus jaulas doradas. Lánguidas, consumidas, envejeciendo como piedras en los sillones de pan de oro, comprando sombreritos horribles, corsés asfixiantes que nadie desatará con lujuria, sombrillas que no necesitan porque nunca para los cadáveres luce el sol, trajes a la moda de París, con los que serán enterradas.

Al menos yo he conocido la felicidad del amor. La felicidad y el tormento, todo hay que decirlo. La cosa es así: a una palabra, sigue la otra. La plenitud se paga, lo más perfecto se marchita, la lira se rompe y de ella salen sones mortuorios. A lo mejor eso me pasa por leer a Hölderlin, por amar la levita desgastada de un escritor con rodillas de cabra. Tal vez no tenga raíces pero hago mi nido en el bosque, en habitaciones alquiladas, en la corriente que nos lleva durante un trecho y luego nos abandona en orillas lejanas. ¿Hasta cuándo? El tiempo no cuenta para nosotros. Han pasado los años, y nada cambia. No siento el peso de los días. No me arrepiento de amar a Gustavo y seguir siendo la señora de Casalduero. Elisa escribía en su cuaderno y esperaba una llamada para supervisar las palabras que Ricardo habría de pronunciar en la tribuna del Congreso.

Casalduero declamaba a solas y en voz alta las últimas frases de su perorata, antes de requerir a Elisa, a quien correspondía hacer de público y dar el visto bueno definitivo. En los primeros años de diputado, Elisa y él habían consumido muchas noches puliendo y repasando los discursos. Para asombro de Casalduero, su mujer mejoraba las disertaciones con gran talento, sin importar el tiempo que llevase rechazar un adjetivo y encontrar otro más enérgico, hacer diáfana una frase, seleccionar una cita de los clásicos latinos o convertir un ejemplo simplón en una verdad universal. Elisa era una oyente atenta, criticaba la sonoridad, le sugería otra gama tonal, aconsejaba lentitud y claridad en la dicción. La voz inexpresiva de Casalduero había cobrado con la práctica una resonancia que imponía autoridad, a fuerza de repetir, animado por Elisa, los discursos en todos los tonos posibles.

Ahora en falsete, Ricardo, arranca ahora del pecho un vozarrón de bajo, cuidado con ese sonido nasal, y él, obediente, trepando y bajando por la escala de su propia voz, ¿no suena demasiado apagado, Elisa?, así está bien, sube un semitono, no tan agudo, cuidado con el sonsonete gutural, Ricardo, hasta que el diputado Casalduero consiguió unas convincentes notas graves al final de las oraciones, lo que daba un eco hondo y viril a sus parlamentos. En varias ocasiones Elisa le había sugerido que pusiera más brío en sus actuaciones públicas. Casalduero respondió que él era un orador contenido. Su fuerte se asentaba, precisamente, en aquella masculinidad reposada, sin estridencias, no era partidario, decía, de los tonos enfáticos de oradores como Castelar o Alcalá Galiano, a menudo arrastrados por el torrente de sus soflamas. A él le gustaba ejercer un férreo dominio sobre sí mismo. Todo bajo control, ésa podría ser la máxima de los Casalduero.

Poco a poco aprendió a preparar los discursos sin la ayuda de Elisa. Por amor propio y por librarse de la influencia femenina, porque no consideraba conveniente depender hasta ese punto de una mujer. Ahora, al recordarlo, Casalduero se daba cuenta de que sin la participación de Elisa, con aquel aliento poético que tanto había gustado en sus primeras apariciones en la tribuna, sus discursos habían perdido fuelle. Se obligaba a sí mismo a enfrentarse a cuestiones que ella hubiera resuelto de un plumazo con un instinto natural para la oratoria. Muchas veces la hubiera llamado, indefenso como un niño, cuando se encontraba en un aprieto, peleando con la retórica, pero el orgullo se lo impedía. Sin embargo, no podía pasar sin que su mujer diera la aprobación final a todos sus discursos. Cuando Elisa avivó el fuego del despacho y luego se sentó en un sillón, junto a la chimenea, en actitud de escucha, Ricardo empezó a caminar solemnemente por la estancia, con las manos a la espalda.

—Nos hemos reunido aquí para aplaudir el triunfo de la ciencia —empezó, con los ojos clavados en una multitud invisible—. Desde que Gauss, de la Universidad de Gotinga, aplicó la teoría matemática a la electricidad y al magnetismo, desde que Gay-Lussac descubrió las leyes de la expansión de los gases y Morse y Steinheil inventaron el telégrafo eléctrico, ya no hay límites en el impulso magistral del progreso científico. Hace una década Lenoir inventó el motor de explosión, el automóvil es hoy una realidad, después de las últimas demostraciones de Beau de Rochas, señores diputados. El hombre avanzará a toda velocidad. El hombre civilizado aplicará los descubrimientos científicos a todas las esferas de la vida. El hombre caminará con pasos de gigante, caballeros, el hombre será un Dios en la Tierra...

Elisa ladeó la cabeza y le interrumpió sonriente:

—¿Y la mujer?

—¿La mujer? —preguntó Casalduero desconcertado.

—Sí, la mujer. El hombre será un Dios en la Tierra, ¿y la mujer?

—¡Por Dios Santo, Elisa! No me interrumpas con preguntas absurdas.

—Lo siento, Ricardo, me sonaba raro, sólo eso.

—Es una figura retórica, Elisa. El Hombre universal, todo el género humano, hombres y mujeres. Ya has conseguido que pierda el hilo.

—¿Y el Sufragio Universal? ¿Es otra figura retórica?

—¿Qué ocurre con el Sufragio Universal, Elisa?

—No sé, resulta extraño, Sufragio Universal sólo para votantes masculinos.

—Todo se andará, mujer. Y ahora, ¿me permites seguir?

Casalduero avanzó unos pasos hacia el balcón y volvió a repetir el inicio de su discurso con el aplauso al progreso, y luego vaticinó los telescopios que alcanzarían a ver la superficie de la luna con todo detalle, los viajes aéreos, las píldoras que acabarían con las enfermedades, la lluvia artificial, los cambios genéticos que habrían de mejorar la raza humana, la fotografía en movimiento y tantos otros adelantos que iban a sorprender al mundo.

—El futuro nos espera, señores diputados —le salió un gallo en la última nota—. No podemos vivir de espaldas al futuro.

Elisa lo miraba pensando en otra cosa. Llevaban nueve años casados. Ella se había dedicado a él sin tener que hacer grandes esfuerzos, lo había querido a su manera, con la cabeza en otra parte, con la cabeza puesta en el amor de Gustavo Adolfo, así había criado a Alejandro, así había pasado innumerables días idénticos organizando una casa impecable, programando menús cada vez más elaborados para los almuerzos y cenas de Ricardo y sus invitados, así, con la cabeza muy lejos de allí. Ricardo necesitaba a Elisa, o más bien necesitaba el resplandor que desprendía Elisa, pero él nunca buscó otra dicha, nunca aspiró a sentir cerca a su mujer, a comprenderla, a despertar aquel cuerpo que prefería dormido, un cuerpo que nunca había querido ver desnudo.

Cuando Elisa se casó con Ricardo, creyó que él acabaría por anclarla al hogar, creyó que a fuerza de dormir juntos un día amanecerían con los cuerpos pegajosos y llameantes. La gente decía que el contacto nocturno acababa derritiendo las pieles, y ella imaginaba esos hierros retorcidos que se funden después de un incendio devastador. La gente decía que la pasión llegaba con el roce, que una boda con la bendición del Sumo Pontífice y dos muñequitos de mazapán en lo alto de la tarta nupcial, con el tiempo culminaría en miradas incandescentes, en noches de pólvora, en brasas matrimoniales. Pero no había ocurrido nada. Más bien cactus, fría nieve y bocas de ceniza. Los ojos de Ricardo seguían encalmados como un lago muerto, sin un brillo de ternura. Ni siquiera cuando miraban al hijo los ojos de Casalduero se conmovían. Contemplaba a Alejandro con satisfacción, como quien tiene una tienda y se planta complacido frente al escaparate para admirar la prosperidad de su negocio. Se mostraba orgulloso de su sucesor, un chico de sentimientos nobles y obediente, y estaba convencido de que estaba viendo crecer a un digno heredero, pero no albergaba hacia el niño ningún afecto.

Desde que se casó con Ricardo, Elisa había esperado oírle pronunciar palabras de amor. Había suplicado en su fuero interno para que las cosas cambiasen, para que de la boca del marido brotasen alguna vez susurros arrasadores con la fuerza de un mar impetuoso. En más de una ocasión, muy cerca del placer, ella se había atrevido a reclamar expresiones apasionadas. Ricardo Casalduero, egoísta y tajante, se las había escamoteado.

—No te alborotes tanto Elisa, que me desconcentras.

La excitación cesaba de golpe; el cuerpo de Elisa ensopado en el placer líquido y tibio de Ricardo, en la humedad silenciosa de un marido que rápidamente olvidaba el cuerpo ajeno y huía de él, lobo furtivo y mudo, escapando en la noche después de tragarse una oveja cruda sin un sólo sonido, el interior de Elisa encharcado de soledad y sed de amor, la piel empapada con el sudor extraño, el alboroto de la carne cortado de cuajo una vez más, todo el fluir de la sangre de Elisa paralizado y muerto como un cauce seco.

—No te alborotes tanto Elisa, que me desconcentras.

Durante los primeros años ella no perdió las esperanzas. No se le puso el color de la desgana, ni se le torcieron los dientes de rencor, al contrario, su piel en reposo alcanzó una luminosidad de madreperla, mientras los pechos se erguían y la boca brillaba a punto de estallar como una ciruela madura. Altagracia estaba desconcertada porque sabía que Casalduero apenas reparaba en el cuerpo de Elisa, y no se explicaba el brillo de estrellas en los ojos de su amiga.

—Elisa, Ricardo ni te mira y a ti te ríen los ojos como a una novia. Estoy segura de que me ocultas algo.

—Ricardo me quiere —le dijo a Altagracia—, lo que ocurre es que tiene un hombre muerto alojado en el vientre, y ese peso no le deja soltar su cuerpo ni desatar el mío. Cree que si los dos empezamos a flotar en el placer, perderá a su muerto y se quedará sin alma.

Lo dijo como si Ricardo gastase una pata de palo y ella amase al pirata y a su desgracia, lo dijo como si el difunto alojado en el vientre de su marido necesitase también de sus cuidados y ella estuviera dispuesta a abrazar a Ricardo y a su inquilino.

—Es un muerto de su infancia, un muerto del que no ha sabido desprenderse —prosiguió Elisa—. Siempre he pedido que una noche se olvide de esa tristeza tan vieja, para que se despierte del todo y me arranque el camisón con el hambre y las ganas de un resucitado. Por eso me preparo cada día para el amor; el amor que llevo dentro me da fuerzas, aunque Ricardo me roce sin rozarme igual que un sonámbulo braceando bajo las aguas después de la inundación de la tierra.

En ciertas fechas, cuando la primavera o el otoño llenaban la ciudad de luces de ámbar y golondrinas nerviosas, Elisa volvía a reunirse con el poeta. Aquel arsenal explosivo sobrevivía intacto en su interior, y entre las hojas secas y los ramos de lilas, entre los heliotropos y las cerezas, Elisa tenía que hacer un esfuerzo para que no saltase por los aires el nombre de su otro amor; un esfuerzo por refrenar toda la lava de aquel volcán silencioso pero efervescente que podía sacar a flote los suspiros prohibidos y las ansias ocultas. Elisa trataba de ayudar a Ricardo, afanado por entonces en su carrera como diputado. Ella quería ver triunfar al político porque, tal vez, peleando contra sus adversarios, Ricardo acabaría expulsando por la boca los pedazos de aquel cadáver tan antiguo. Pero tampoco en la tribuna movilizaba Casalduero aquella tristeza en suspensión. Sus discursos, incluso los primeros, los más aplaudidos, los que habían sido concebidos por Elisa, eran pronunciados por Ricardo con el aire de un convidado de piedra, los gestos aburrían de puro rígidos y tenía la misma expresión de enterrado vivo que a fin de cuentas había tenido siempre.

Afortunadamente, algunos otros colegas del Congreso tenían más o menos las mismas trazas de gentes sin sangre en las venas. Pero cuanto más descubría Elisa la mediocridad de su marido bajo la apariencia de una autoridad solemne posando para la orla de una galería de retratos de hombres ilustres, más cariño le profesaba y más obligada se sentía a esperar que Valentín, el difunto que lo habitaba, desapareciera de una vez por todas.

Y además Ricardo había cumplido su palabra de hacerla feliz, esa felicidad anestesiada de figurita embalsamada en una casa de muñecas. A su manera, tenía un modo de contemplarla como si ella fuera una valiosa perla de Tahití que podía estropearse o extraviarse si no se la trataba con delicadeza. Adivinaba las golosinas que más le gustaban y no pasaba un día sin que apareciera con un cestillo de fresas de Aranjuez o unas castañas calentitas en invierno o una caja de violetas escarchadas. Era su modo de decirle lo que no era capaz de expresarle con palabras o caricias. Mimaba a Elisa y se inventaba para ella caprichos que ella consideraba excesivos, aunque los aceptaba con ilusión de niña malcriada. Sus amigas miraban con envidia las pequeñas joyas, las orquídeas que Casalduero enviaba a casa por sorpresa.

Para los extraños, Ricardo era el marido perfecto, considerado cuando había que serlo, y el resto del tiempo no molestaba demasiado. También hacía la vista gorda a las salidas de Elisa, a sus excursiones con Altagracia, a los trabajos de Elisa con las mujeres de San Bernardino. Permitía que cerrase con llave sus diarios de nácar, jamás controlaba su correo y no se alteraba si algún conocido le brindaba coqueterías.

De modo que cuando en la primavera del tercer año de matrimonio, Elisa alargó más de la cuenta su estancia en la finca de Zamora, Ricardo no rechistó. De nuevo en Madrid, al ver su buen aspecto, decidió que el aire del campo era mejor para Elisa que sus encierros entre libros. No se cansaba de mirarla. Uno de aquellos días se sintió más encendido que nunca y se metió bajo el camisón de su mujer, mascullando entre dientes sonidos obscenos, para comprobar que el sexo de Elisa exhalaba una fragancia de rosas. Elisa no captó las palabras, buceando como estaba Ricardo bajo una laguna de puntillas, pero sintió la violencia de la lengua, justo ahora que ya no se podía dar marcha atrás, justo ahora, cuando ella ya se había entregado al poeta, porque la dinamita había estallado, porque toda la lava contenida había saltado en tizones llameantes cuando se encontró al sevillano en la finca de los Astorga y con su boca de fuego había prendido la mecha.

En el cuaderno de nácar de los días que siguieron al encuentro con Gustavo Adolfo, parecen brotar solas las palabras. Habla Elisa del estruendo del pecho y de los relámpagos de la carne. Grita a pleno pulmón y dice que ya se han desatado los huracanes y la riada de los besos por venir. Clamaría su nombre por los desiertos, día y noche, ya no lucharía más tratando de ocultar el harapo desgarrado de su corazón. Se llamaría a sí misma Elisa la de Gustavo, su ramera y su alma, yegua sin riendas desbocada hacia él, atravesaría los mares hasta las desiertas islas para encontrarle. Elisa la embrujada, Elisa ciega montada en el Pegaso galopante de las piernas del poeta, tendidos en el río del mundo sagrado, navegando entre corrientes de flores, Ofelia ella y Ofelia macho él, las guedejas negras flotando, la barba chorreante de agua fresca y de sexo de ninfa. Si todavía me reconoces, aunque varada en la radiante orilla, muéstrate desnudo como un ángel, como el labrador que ondea la ropa al viento tras el largo día de verano y se refresca en el torrente claro. Yo, Elisa, tierra donde caiga tu lluvia, carne para tu boca caníbal, cuerpo de papel donde dejes tu nombre escrito con espinos, cueva de luz para tus embestidas. No hagas preguntas, haz tus afirmaciones al aire de la noche, yo tampoco preguntaré pero te daré las respuestas aullando como una loba en celo, hasta que a Dios le duelan nuestros gritos, hasta que se sienta pequeño en su trono de injusticias por habernos condenado a vivir rotos, al destierro de nuestras manos, castigados a no enzarzarnos desde el amanecer hasta la salvaje oscuridad.

Para Elisa, manejar las palabras era tan relajante como para otras mujeres bordar un mantel de punto de cruz o preparar la masa de un bizcocho. Para ella era un alivio ordenar las letras en filas de hormiguitas moradas en sus cuadernos. Se miraba en el espejo de los renglones y se quedaba nueva como una mística después de azotarse las nalgas, como una delirante tras una ducha fría. Lo de *carne para tu boca caníbal* lo escribió unos días después de su primera noche con él. Lo recordaba ahora sentada junto al fuego, mientras hacía como que escuchaba la mustia disertación de su marido.

Desde entonces habían pasado muchas cosas. Alejandro tenía ya cinco años y era un niño tranquilo aficionado a la vida al aire libre. Ricardo Casalduero protestaba cada vez que Elisa se lo llevaba a Los Manantiales con una niñera y una institutriz francesa.

—Alejandro —preguntaba el padre—, ¿no prefieres quedarte en Madrid? Aquí podemos jugar a las guerras con el ejército de soldaditos de plomo.

—No me gusta jugar a las guerras. No me gustan los soldaditos de plomo.

—Canutillos, compraremos canutillos de chocolate.

Alejandro miraba a su padre, sopesando otras posibilidades.

—¿Me llevarás a la casa de fieras?

El diputado Casalduero asentía, y se ponía a improvisar promesas que no pensaba cumplir, con el mismo rictus indescifrable de los magos cuando sacan palomas de la chistera.

Sin embargo, las tentadoras ofertas del padre no convencían a Alejandro. Abrumado por castillos en el aire de diversiones y golosinas, el niño empezaba a desconfiar.

—No, mejor no. Yo quiero ir al río, a pescar truchas con Damián.

Elisa también prefería pasar largas temporadas en la finca de Zamora o en la casa que habían comprado en Zumaya, para que su hijo pudiera disfrutar de los baños de mar. Desde la noche de San Daniel, unos años antes, Elisa no se había sentido segura en Madrid. Su hermano

Claudio, ya de regreso de Londres, se unió a los estudiantes y progresistas que se manifestaron aquel mes de abril contra la separación de Emilio Castelar de su cátedra. Las fuerzas del orden cargaron con violencia y hubo cientos de heridos y algunos muertos. Al día siguiente de la masacre, Alcalá Galiano, ministro de Fomento, sufrió en pleno Consejo de Ministros un ataque de apoplejía. Al caos siguió la sustitución de Narváez por O'Donnell unos meses más tarde. En esa ocasión al poeta le duraron poco su cargo de censor de novelas y los vientos favorables del gobierno de Narváez, con su amigo González Bravo en el ministerio de Gobernación.

Elisa y Gustavo se las arreglaban para verse muy de tarde en tarde en las habitaciones de hoteles apartados y discretos. A lo largo de unos años habían recorrido la geografía española como si fueran titiriteros. Se habían vuelto a reunir cerca de Zumaya; en San Sebastián, cuando Gustavo Adolfo cubría para *El Contemporáneo* la inauguración de la línea férrea del Norte de España; de nuevo en Zamora, en Deva, en Toledo y siempre que podían, en Madrid. Elisa llegó a alojarse con su madre, el niño y dos doncellas en los baños de Fitero, aprovechando que él pasaba unos días sin Casta en el balneario. Doña Clara no se enteraba de nada y comentaba con Tina y la niñera que su hija tardaba cada día más en subir de los tratamientos. Eso es lo que no me gusta de los baños, decía doña Clara, que para que no te sofoques, te dejan envuelta en una manta blanca horas y horas, tapada hasta los ojos, como una momia.

Unos días después de la noche de San Daniel, Gustavo Adolfo envió un mensaje a Elisa de Casalduero. A la hora de la cita, ella llegó con un abrigo gris nublado y un sombrero con velo. Cuando se levantó el velo que le cubría la cara, él pensó que cada día sin aquellos ojos verdes era un día de eclipse total. Estaba pasando unos momentos duros, enfrentado a sus compañeros de *El Contemporáneo*, embarcados en una batalla contra González Bravo por dar la orden de abrir fuego contra los manifestantes de la Puerta del Sol.

—Narváez no va a durar más allá de junio. Tendré que presentar mi dimisión como censor. Y Casta me lo echa en cara. Dice que otra vez tendremos exceso de poesía y escasez de cocido.

—¿Y tu situación en *El Contemporáneo*?

—Cada vez peor. *El Contemporáneo* se ha unido a otros cuantos periódicos para protestar contra la escabechina de la Puerta del Sol. García Luna ha firmado, y también Julio Nombela, entre los periodistas de *La política*. Me estoy quedando solo. Pero yo no puedo dar la espalda a Narváez y a González Bravo.

—Claudio dice que la descarga de la guardia civil fue una salvajada. Y estoy de acuerdo con él. Además, el artículo de Castelar criticando la rapiña de la Reina sobre el Patrimonio Nacional, estaba cargado de razón.

Gustavo Adolfo desató el lazo del sombrero de Elisa con los dientes, le deshizo los tirabuzones y la llevó abrazada hasta la cama.

—Muchos de los que hablan, hablan de oídas.

—Mi hermano Claudio estuvo allí.

Se quitaban el uno al otro la ropa y las palabras.

—Me asquea la política y no soporto la violencia, amor. González Bravo perdió los nervios. Y lo condeno. Preferiría que no hubiera pasado nunca. Pero tienes que saber que a la pitada de los estudiantes se unieron las masas de los barrios bajos, removidas por agitadores profesionales. Se perdió el control, de acuerdo. Y sin embargo, mi deber es serle fiel a Narváez y a González Bravo, los únicos que me han echado una mano en mi perra vida.

La cama se alquilaba con baldaquino granate y colcha de flecos, y ella pensaba que él tenía ese día una boca de lobo.

—Lo que no entiendo es como tú, Gustavo, siendo un hombre tan libre, un poeta que escribe para ser entendido por el pueblo, puedes ser tan conservador.

Él se defendió, porque los hombres con las manos frías siempre se defienden.

—Ni siquiera soy conservador, tú sabes que no tengo nada que conservar. En todo caso, soy observador. Querría mantenerme al margen. No estoy dispuesto a que me revienten los sesos por ninguna ideología. La poesía es lo único por lo que merece la pena morir.

Elisa le chupó un nudillo, pero le llevó la contraria.

—No. Lo único por lo que merece la pena morir es el amor. Y por amor a la libertad también hay que librar muchos combates.

—Simplemente no quiero saber nada de las camarillas y los rigodones isabelinos. La Reina los encela a todos y saca a bailar al primer espadón que le sigue la corriente. No creo en la política, Elisa, pero tengo una deuda con González Bravo.

Él acababa de hallar el medio de hablar y besar un pezón al mismo tiempo.

—La historia dirá que el poeta español más grande del siglo XIX vivía de espaldas a su tiempo y pegado a mi pezón.

Y ella empezó a contarle las costillas.

—La historia olvidará mi nombre porque nadie quiere publicar un libro con mis rimas. Moriré inédito, como tantos otros.

—No digas eso.

—No voy a vivir mucho, Elisa. Estoy cansado.

—No puedes estar siempre aferrado a tu desgracia. A lo mejor es fácil decir: *yo era huérfano y pobre... el mundo estaba desierto... ¡para mí!*

—¿Te parece que soy sombrío y triste?

—Me parece que tienes talento y que eres flaco y misterioso y que yo te amo con tus ojeras y tus pulmones negros de fumador empedernido.

Desde hacía un rato habían empezado a hablar bajo las sábanas, pero poco a poco la palabra había dado paso al silencio y luego a ecos de ternura y de furia y más tarde al sonido de la lluvia.

—Está lloviendo.

—¿Tienes que irte pronto?

—Antes de las nueve —dijo Elisa.

—Un día estaremos juntos para siempre.

—¿Cómo en los cuentos?

—Como en los dramas.

—¿Cuándo?

—Cuando me lleven al valle de las melancólicas brumas. ¿Vendrás conmigo?

—Iré contigo, si tú quieres.

La noche de San Daniel dejó un poso amargo en el aire de Madrid, pensaba Elisa. Ricardo Casalduero seguía hablando solo en una tribuna invisible. Todavía volvió Narváez al poder y Gustavo Adolfo a su puesto de censor de novelas. Todo ha pasado demasiado deprisa. Gustavo Adolfo abandonó a su mujer después de enterarse en Noviercas de lo que todo el pueblo ya sabía: que Casta le seguía engañando con *el rubio*, y que el hijo que acababa de tener, era el hijo de la traición. Y ahora Isabel II está en París, González Bravo en el exilio y el *Libro de los Gorriones*, con todas las rimas del poeta reunidas para publicarlas, perdido en el asalto al palacio de González Bravo.

Elisa observó que las llamas de la chimenea del despacho de su marido se retorcían de una manera extraña. Serían imaginaciones suyas. Se le ocurrió pensar que el amor de Gustavo Adolfo llegaba a ella a través de aquellas llamaradas. Era una idea de locos, pero estaba dispuesta a morir con él.

Gustavo creía en seres que se abrazaban más allá de este mundo. Y hay que aclarar, que la tatarabuela Elisa estaba convencida de lo mismo, quizá porque dormía sobre un campo minado de páginas románticas. Baste decir que aquel día, en el despacho, imaginó que los huesos de Gustavo Adolfo la llamaban con la fuerza de su pasión, y vio coágulos rojinegros entre las cenizas incandescentes y el brazo incorrupto de una nínfula y testículos rebanados y tímpanos rotos por estrépitos. En un fogonazo le vino a la memoria la noche en que se amaron por primera vez. Recordó la voz de Gustavo Adolfo mientras el deseo crecía dentro de ella. Había fogatas al otro lado del río, en el bosque, y ella se dijo que ése sería el fuego de su hogar sin techo. Llevaba un vestido blanco, cuajado de perlas el escote, era un traje de fiesta de la abuela de Ricardo y Elisa creyó sentir que Gertrudis de Casalduero le daba permiso para amar al poeta.

—¿En qué piensas? —preguntó Ricardo.

—En nada. Seguramente Altagracia y Claudio estarán a punto de llegar.

Elisa supervisó con Tina la disposición de las bandejas de dulces y las botellas de licor, se arregló el pelo en el dormitorio y entró de nuevo en la habitación de Alejandro para ver si el niño dormía tranquilo. Lo besó con cuidado, sintiendo el calor de un nido, y entre sueños Alejandro buscaba sus besos como un polluelo dirige el pico hacia su alimento. Se sentía afortunada por haber tenido este hijo tan amado. Si a ella le ocurriese algo, si desapareciese en las sombras con Gustavo Adolfo, el niño estaría protegido por los Casalduero y los Del Castillo. Crecería amurallado por el cariño de dos familias sólidas. Lo tendría todo, aunque ella no pudiera estar con él. Algún día leería los diarios de su madre y tal vez comprendería.

Minutos más tarde, Altagracia abrazaba a su cuñada y preguntaba por Alejandro. Claudio había tenido que acudir a una urgencia y Ricardo aprovechó para seguir en el despacho trabajando un rato más, antes de acostarse.

—Claudio vendrá a recogerme, si no se complican las cosas. Subirá a darte un beso.

—¿Cómo están los gemelos?

—Incontrolables y preciosos. Andan por la casa destrozando todo lo que encuentran a su paso.

Una vez más, dirigió Elisa a su cuñada la mirada culpable de los delincuentes a punto de confesar.

—Vaya, vaya —dijo Altagracia con expresión irónica—, ¿no tendrás nada que contarme? Estás tan radiante como hace seis años y que yo sepa tu marido sigue más preocupado por su ascensión política que por su maravillosa mujer.

—A decir verdad —respondió Elisa—, hay cosas que no te he contado nunca, porque hay historias que no me pertenecen a mí sola.

—Lo sé —interrumpió Altagracia—. Desde la noche en la fiesta de los Astorga he imaginado que te habías convertido en un caracol. Y en los caparazones concéntricos, mejor no entrar. No tienes que decirme nada. Has buscado tus islas, como tía Úrsula, y créeme que me alegro.

Altagracia observó que Elisa dudaba.

—A veces me hubiera gustado gritarlo al viento, destaparlo todo, montar un escándalo. Pero está Alejandro. Tengo que proteger a mi hijo.

—Imagino lo que has debido de pasar. ¿Cómo está Gustavo Adolfo? He oído que él y Valeriano viven en Toledo con sus hijos.

—Son dos seres a la deriva. No lo puedo entender. ¿Por qué hay gentes a las que siempre persigue la mala suerte?

—Porque el mundo es injusto y brutal y alguien tendría que arreglarlo.

Elisa miró a su cuñada con ganas de confesarlo todo y recitarle versos y llorar a bocajarro en sus brazos y bombardearla con los detalles de los días y noches de su amor y destapar el frasco de los gusanos de luz, recuerdos que reptan y se enganchan unos a otros sin soltarse, hablarle a Altagracia de los pelillos de la nariz de Gustavo, de sus tendones, del peso de su cuerpo, de sus uñas de Cristo momificado que llega desde el mar, de las volutas de su saliva, del exacto color de su semen. Pero, por alguna razón, adivinó que Altagracia, su mejor amiga, su mejor hermana, su mejor cuñada, su mejor cómplice, su mejor consejera, su mejor madre, su mejor tía (de no ser por tía Úrsula), podía leer todos sus pensamientos. A su mente acudieron las escenas de sus correrías por los cafés de Madrid y las imágenes de una noche en la pradera de San Isidro.

—¿Te acuerdas cuando nos disfrazamos de violeteras para buscar al poeta en la pradera del Santo?

—Dos suripantas con mantoncillo y cutis de porcelana.

—¡La cara que puso Gustavo!

—La loca Carvajal y la loca Del Castillo.

Después a Elisa se le llenaron los ojos de líquenes.

—Si a mí me pasara algo, ¿te ocuparías de Alejandro?

Altagracia palideció.

—Pues claro, Elisa. Pero no te va a pasar nada.

La tatarabuela tenía un torbellino en el pecho desde hacía mucho tiempo y ese torbellino giraba como un tifón hacia Gustavo Adolfo. Cuando te llaman la atención los claustros en ruinas y los cementerios, y cuando crees en fantasmas haciendo el amor más allá de este mundo, ese tifón puede conducirte de un soplo al valle de las melancólicas brumas, como decían entonces los líricos lúgubres. Y en ese valle pensaba muchas veces Elisa. Creía que allí descansaría, abrazada al poeta para siempre.

11

Podrá nublarse el sol eternamente,
podrá secarse en un instante el mar,
podrá romperse el eje de la tierra
como un débil cristal.

Elisa se acababa de encontrar con Ferrán en el Salón del Prado. Paseaba con Alejandro y la niñera, y ella le había mirado sin reconocerlo, aunque había tenido la impresión de que era alguien a quién había tratado en otro tiempo. Después tuvo remordimientos porque lo había tomado por un pobre. Un pobre pobre, un pobre de pedir, un mendigo, vaya, no un poeta pobre, que era una cosa mucho más digna. Había pensado que de no ser invierno aquel hombre andaría con un aura de moscas y vio escrita en su entrecejo la palabra *calamidad*. Sólo cuando Ferrán se quitó el sombrero se dio cuenta de que era él. No se habían visto en muchos años, iba tapado hasta la barba con una bufanda empolvada, llevaba un gabán gastado y tenía cara de gripe. Elisa había oído comentar que le daba al ajenjo y que se había bebido toda la fortuna familiar.

La relación entre Elisa y Gustavo Adolfo era una urna blindada con mil llaves y, aunque todos los amigos sospechaban que había una mujer, una mujer amada y secreta, nadie podía imaginar que se trataba de la hija de Teodoro del Castillo, casada con el diputado Casalduero. Por eso Ferrán le habló a Elisa como si fuera únicamente una amiga de juventud de Gustavo. No podía ni soñar Ferrán que ella se comunicaba con el poeta por húmedos pasadizos bajo tierra y que, al día siguiente, tenía una cita con él en Toledo.

—Se muere, Elisa, Gustavo Adolfo se nos muere. Se ha quedado roto después de la muerte de Valeriano. Ni sus trabajos en *La Ilustración de Madrid*, ni el coraje de los amigos, todos junto a él como una piña, ni sus hijos, Jorge y Gregorio Gustavo, que andan como almas en pena, nada le importa. Dice que su hermano ha muerto sin que nadie pudiera adivinar el gran artista que era. Nos ha reunido a los íntimos para enseñarnos los cartapacios con los trabajos de Valeriano. Gustavo tenía fiebre y hablaba con un resplandor mortecino, mientras señalaba los apuntes. Aquí hay un pintor de cuerpo entero, nos gritaba como un loco, y se ha ido sin ser reconocido; aquí hay un gran dibujante, ya lo veis, y se nos ha muerto con sus dibujos dispersos en papel mojado; aquí hay un artista consumado, y se ha marchado sin dejar testimonio.¡Maldita la suerte de los genios!

Ferrán movía la cabeza y Elisa lo miraba convertida en tortuga verde: ojos de piedra, boca fruncida y una coraza antidiluviana.

Lo sabía todo. Había pasado unas horas con Gustavo dos días después del entierro de Valeriano. Hacía ya meses que los dos hermanos se habían instalado de nuevo en Madrid. Gustavo Adolfo le dijo que su hermano había tenido el tifus y que los médicos decían saberlo todo sin saber nada, porque según el certificado de fallecimiento la causa de la muerte había sido una hepatitis aguda.

—Ha muerto de pena, Elisa. Valeriano ha muerto de pena, porque se merecía otro destino.

Esa tarde se amaron de luto, con la sequedad de los esqueletos: sin líquidos, sin músculos, sin bocas, sin ruidos, sin metáforas.

Augusto Ferrán miraba a Elisa con un ojo medio podrido y amargo y otro ojo iluminado como el tragaluz de una buhardilla. El ojo bueno la contemplaba perplejo e incrédulo, preguntándose cómo la mujer del siniestro Casalduero podía tener una sonrisa de mayo en pleno diciembre. Una sonrisa de mayo, a pesar de la tristeza, pensó Ferrán. Porque notó que más allá de los ojos transparentes de Elisa había una floración de dolor.

—A mí me partió el alma el artículo que Gustavo le dedicó a su hermano en *La Ilustración* —dijo ella.

—Una catástrofe. Y menos mal que Rodríguez Correa ha conseguido que el banquero Salamanca le deje un piso en la calle Claudio Coello. Sin cobrarle un céntimo, claro. Se volvía loco en la casa de Ventas, aunque Bienvenida y yo vivíamos al lado. Y ahora Casta quiere volver con él. Dice que es para cuidar de los chicos. Casta es un bicho malo, Elisa, y perdón por la crudeza. Esa mujer va a acabar con lo que queda de nuestro amigo.

—Seguro que Gustavo sale adelante, como otras veces —mintió Elisa, con todo su cuerpo en carne viva de tanto fingir.

—Esta vez no... Narciso Campillo me ha contado que Gustavo Adolfo le visitó hace poco. Le dejó todos sus versos para que los corrigiera y le dijo que estaba preparando la maleta para el gran viaje. Ha vuelto a escribir, rima a rima, el *Libro de los gorriones*. Le dijo que si moría, hiciera lo posible para publicarlo. Por sus hijos.

Elisa miró a la niñera que jugaba un poco más lejos

con Alejandro. La maleta para el gran viaje. Ella también iba a emprender ese viaje. Esta vez no le dejaría partir solo.

En casa recordaba las palabras que hacía menos de una hora acababa de pronunciar Ferrán. Gustavo se nos muere. Se sintió vieja y cansada. Una vieja de veintiséis años. Gustavo tenía treinta y cuatro. Eran demasiado jóvenes para sentirse tan viejos.

Alejandro quería estar con su madre. Entre Tina y la niñera trataban de convencerlo para llevarlo al cuarto de jugar. Elisa le permitió quedarse un rato más con ella en el salón. Ricardo estaba en Ginebra, resolviendo asuntos con Teodoro del Castillo.

Mejor así. A las siete del día siguiente ella tomaría la diligencia para Toledo. Ni siquiera había buscado la complicidad de Altagracia. Viajaría sola. Explicó al servicio que pasaría dos días visitando a una amiga enferma. Ella se alojaría en un hostal de la plaza de Zocodover, pero Gustavo Adolfo estaría ya instalado en unas habitaciones en la calle de Sillerías. Era la última vez. Elisa lo sabía. Sabía que el poeta iba a despedirse de ella para siempre.

En Toledo, Gustavo Adolfo buscaba en su cartera un viejo ejemplar de *El Contemporáneo*. Era un número de 1864, con una de las cartas que había enviado desde el monasterio de Veruela. Pertenecía a la serie de las *Cartas desde mi celda*, y estaba dirigida a una *apreciable amiga*. Había inventado unas iniciales, había borrado las huellas de Elisa del Castillo una y otra vez. Sus amores estaban dando que hablar a muchos y tal vez dieran que hablar en el futuro, si es que su nombre llegaba a ser conocido. Un día le había dicho a Ferrán que muerto sería mejor y más leído que vivo, y lo creía en serio. La poesía da muchas vueltas. Los críticos pasan a mejor vida, se derrumban las ciudades, caen los gobiernos y de pronto un día salen a relucir unos versos que estaban sepultados bajo toneladas de escombros. Tendría que quemar las cartas de Elisa. No eran muchas. Las cartas de la única mujer a la que había amado. Sus amigos barajaban otros nombres: Julia Cabrera, María Luisa Acelga, Elisa Guillén, Julia Espín, esa enorme vanidosa que le había llamado sucio, Josefina Espín, más dulce y menos estúpida que su hermana, Alicia Gómez-Ávila. Dándole vueltas a sus rimas le habían adjudicado venteras, damas de rumbo, bailarinas, aguaderas y hasta una monja de Toledo.

Elisa del Castillo es la única Elisa entre todas las Elisas que surgirán por todas partes cuando yo desaparezca, pensó. Por primera vez desde la muerte de Valeriano, sintió ganas de reír a carcajadas. Recordó aquella noche cuando él entró en el salón de los Astorga. Elisa estaba bailando con un Tenorio de sienes plateadas. Llevaban entonces dos años sin verse. Era el mes de mayo de 1863. A los nueve meses había nacido Alejandro.

Habían pasado los años, pero todavía recordaba el sabor de su piel y el vestido nacarado vibrando en la oscuridad, cuando corrieron juntos hacia el río. Elisa había concentrado todo su cariño en su hijo y había jurado amarle sólo a él a pesar de las circunstancias, siempre adversas. Más de una vez le había hecho llegar un sobre con dinero. Y ahora quería pasar la última noche con ella. Quería estar con Elisa una vez más.

Mi madre me ha dejado ver el último cuaderno de nácar, escrito por Elisa del Castillo. Ahora sé algunas cosas y también sé que la dinastía de Bécquer no ha desaparecido, a pesar de que las huellas de los hijos de

Casta y Gustavo Adolfo se perdieron con el correr del tiempo. Ahora comprendo por qué en mi sangre flotan las palabras, como en otras venas flota el silencio.

Elisa lo escribió esa misma noche, el día antes de viajar a Toledo, después de acostar a su hijo. Estás aquí, hijo del amor y del crepúsculo. Aunque yo me pierda para siempre, tendrás hijos y nietos y algunos te saldrán juglares o niñas prodigios. El abuelo del Castillo querrá que viajes en lo alto de una locomotora, comiéndote el mundo. Que nadie te rompa el corazón, si tienes corazón de potro. Recuerda que tu madre te engendró junto al río de la miel.

Al día siguiente, una mujer con capa de pieles y capucha fue recibida al pie de la parada de la diligencia de Toledo por un hombre con una bufanda que le cubría el rostro.

Hacía frío aquella mañana del primer día de diciembre y a nadie le llamó la atención la presencia de Elisa y Gustavo Adolfo, confundidos entre otros viajeros que se apearon de la diligencia.

Algo más tarde entraban juntos en el antiguo convento de San Juan de los Reyes. Gnomos, dragones, gripos y reptiles se enroscaban por las cornisas y asomaban por los capiteles de aquel lugar en ruinas. Se sentaron en las rotas piedras del claustro. Entre las sombras, estatuas de monjes con sus báculos, decapitadas cabezas de santos, vírgenes sin ojos. En dirección a un patio, creyeron ver a un hombre encapuchado, acaso un mendigo.

Gustavo Adolfo señaló a sus espaldas.

—¿Has visto pasar la sombra de Dios?

Elisa reaccionó con un sudor de hielo en la frente.

—Me ha parecido ver la sombra de un monje. He oído las pisadas y me he asustado.

—Eran los pasos de Dios, Elisa.

—No digas esas cosas.

—Es extraño que la posibilidad de enfrentarnos cara a cara con Dios nos aterre y, sin embargo, hablamos con Él constantemente. En los momentos de indignación, cuando nos revolvemos contra Él, maldiciéndolo porque nos encadena a una vida de dolor, cuando de nuestras bocas salen blasfemias o poesía furiosa, estamos a punto de contemplar el verdadero rostro de Dios. Hölderlin lo sabía.

—¿Hölderlin?

—*Celestial Divinidad, ¡cómo nos vimos las caras cuando te planteé diversas batallas y te arrebaté algunas significativas victorias!*

—Mi Dios es compasivo —dijo Elisa.

—Porque tú eres compasiva. Dios tiene nuestro propio rostro.

Mi Dios eres tú, Gustavo Adolfo, pensó Elisa mientras él tosía con eco de barranco. No le quiso decir que se había encontrado con Ferrán. Le acariciaba las sienes que empezaban a cambiar, poco a poco, extrañamente, pegadas cada vez más a los huesos.

—¿Me llevarás contigo? —preguntó Elisa.

—¿Y Alejandro?

—Alejandro vivirá feliz siendo un Casalduero.

—A los Bécquer nos dieron malas cartas.

—Lo sé. Pero me has tenido a mí.

Se besaron con los ojos mojados, de saliva o de lágrimas.

—Aunque ahora nos partiera un rayo, no podríamos decir que no hemos amado.

Elisa rompió a llorar y sus sollozos resonaron en los arcos del claustro derruido.

—¿De verdad quieres partir conmigo? —preguntó el poeta.

—A la misma hora y el mismo día.

—Un médico amigo me ha dicho que tengo los pulmones anegados y el corazón con mal pronóstico. A lo sumo me quedan semanas. Estoy más muerto que vivo. Le he pedido una dosis letal de estricnina para acabar cuanto antes. Nadie lo sabrá, es una asfixia rápida. La tomaré cuando ya no pueda más. Te haré llegar una nota, si quieres, para que sepas en qué momento emprendo el viaje.

—Iré contigo.

—¿Cómo puedes quererme tanto? ¿Qué ves en este armazón de huesos y pellejo?

—Veo al hombre grande y al poeta.

No escribe mucho Elisa del Castillo de la última noche que pasaron juntos en Toledo. Seguramente estaba conmocionada por el paso que iba a dar veinte días más tarde. Describe una habitación desnuda y en el centro una cama de latón grande. Y otro cuarto con armarios, palanganero y sillas desvencijadas.

Dice que los dos se salieron de sus cuerpos y se vieron a sí mismos desde fuera.

Que Gustavo Adolfo volvía a tener veinte años y un pecho fiero y sano.

Que entraron en un espejo de espejos y que volvieron a ver todos los minutos de su amor y a oír cada palabra que se habían dicho entre caricias. Esa operación dentro del espejo se alargó varios siglos (aunque en realidad tuvo que durar una centésima de segundo), porque no sólo volvieron a escuchar las palabras pronunciadas, sino también todas las palabras pensadas y las que habían gruñido entre sueños y las que habían leído en los libros y las que nunca se atrevieron a decirse y todas las palabras de amor que habían escrito ambos a lo largo de su vida y las que no habían tenido tiempo de escribir pero que escribirían otros en el futuro.

Dice que se amaron envueltos en una luz muy grande y bebieron un néctar delicioso y que, en un instante, pasaron por sus cuerpos todos los cuerpos de todos los amantes de la historia y de los cuentos: a ella le floreció la sonrisa de tía Úrsula, y él llevaba un gorro de pieles de castor; ella tuvo el tocado de perlas de Julieta y él las musculosas calzas de Romeo; Gustavo trepó por la torre igual que un Calixto y Elisa se ciñó el cordoncillo de Melibea; y ella estuvo muy ocupada al convertirse en Psique, y él se sintió etéreo siendo Eros; y él se bautizó Amnón y ella, Tamar, y ella dijo llamarse Heloísa y él le contestó con voz de Abelardo, y los dos fueron por turno Alcibíades y Sócrates, Safo y su amiga Atis, Krisna y Rada, y fueron habitados por Tirant el Blanco y por la princesa Carmesina, y ella, con semblante de Venus, le dijo a Adonis: *tú, tres veces más bello que yo misma*, y él se volvió tres veces más atractivo; y ella fue la voluble Manon Lescaut y él, el caballero Des Grieux. Dice que fueron muchos otros sin dejar de ser ellos mismos y que, al hacer el amor, se cubrieron la cara con un pañuelo para no perderse entre tanto rostro enamorado que les salía al encuentro.

Y también escribe Elisa que en un delirio lo imaginó muerto, los ojos asombrados y abiertos, con la mirada sin párpados de los peces locos, nadando en círculos para siempre.

De esa noche no dice mucho más. Luego copia un verso:

> *Y oí como una voz delgada y triste*
> *que por mi nombre me llamó a lo lejos,*
> *¡y sentí olor de cirios apagados,*
> *de humedad y de incienso!*

El día 22 de diciembre, a las diez de la mañana, en su casa de Claudio Coello moría Gustavo Adolfo. Unos minutos más tarde, a las diez y cuarto, Elisa del Castillo entraba en un sueño pesado, después de pedir un vaso de agua a la doncella. No se había levantado de la cama. El día antes había recibido una nota que quemó en la chimenea; aquella misma noche se reunió con Altagracia y le pidió que escondiera sus cuadernos de nácar hasta que Alejandro fuera mayor para comprenderlo todo.

—No se los dejes leer hasta que no esté enamorado hasta los huesos —dijo Elisa.

—¿Y si no se enamora? —preguntó Altagracia.

—Se enamorará, ya lo verás.

El 22 de diciembre fue un día nublado y a las diez y cuarenta, el cielo de Madrid se oscureció con un eclipse de sol parcial. En Sevilla, la ciudad del poeta, el eclipse de sol fue total y la negrura lo invadió todo. Mi madre me ha mostrado los periódicos de la época. Yo he leído esa noticia, no es una mentira romántica, es una verdad como una casa.

Hoy le he preguntado a mamá por qué no quería enseñarme el último diario de Elisa del Castillo. Porque todavía no estabas enamorada, me ha dicho. ¿Y por qué sabes que estoy enamorada?, le he preguntado. Porque cada vez que ves a Alberto Mendoza, te entran ataques de palabras. Pero él no sabe que existo. Si le hablas alguna vez, ya se enterará, ha dicho mi madre.

Pero primero abre todos los balcones y parlamenta contigo misma hasta que dejes de ser la mujer invisible. Ya no hace falta que te despierte un príncipe, ni que venga Romeo, ni que te ronde un juglar al pie de la almena. Tú no vas a ser Ofelia loca, la razón perdida, ni la tonta durmiente, ni una Barbie de plástico con la rubia cabeza arrancada, ni una mujer fantasma dentro de una dolorida y pesada sábana de silencio. Eso dice mi madre.

La tatarabuela no tuvo el corazón encogido, ni la lengua de trapo, ni piernas de mármol, rígidas y dormidas entre kilos de sedas y tafetanes, pero los Casalduero y los Del Castillo nunca entendieron por qué o de qué había muerto Elisa. Altagracia hizo desaparecer los diarios para dárselos a Alejandro en su momento, y sólo quedó el silencio.

Altagracia le hizo a Elisa unos funerales de emperatriz.

La tía Úrsula desapareció en el trópico de Capricornio, después de haber tenido un niño y una niña apellidados Clermont, que se casaron con hermosos nativos de las islas Fidji y aún se puede seguir la pista de sus descendientes en los mares del Sur.

El último cuaderno de nácar tiene la tinta tenue y violeta, como los otros, sin un sólo borrón de lágrimas, y en los renglones finales Elisa escribió que seguiría al poeta por los desiertos, por mares de mercurio, por las selvas de los santos y los condenados, por ciudades de muslos, y por las noches de fuego del más allá. Escribió Elisa, que ningún ser de este mundo la podría detener.

Gongorism - a florid, inverted, and pedantic style of writing, introduced by the Spanish writer (poet) Luis de Góngora y Argot